徳 間 文 庫

梶龍雄 驚愕ミステリ大発掘コレクション2

清里高原殺人別荘《ビラ》

梶　龍雄

徳 間 書 店

contents

デザイン　鈴木大輔（ソウルデザイン）

第一章　叔母のくれたクリスマス・カード

1

雪を重たくかぶったその建物を見たとき、義信《よしのぶ》ははっと気がついた。

それは、彼の幼い頃、叔母がくれたクリスマス・カードのあの絵、そっくりであることを。

屋根や庇《ひさし》にさまざまの形で盛り上がる雪も、とりまく木立の梢《こずえ》、梢が突起をつけて白く横一線につながる様《さま》も、そして、建物がほのかな雪明りの中に、ひっそりたたずんでいる感じも……。

そういえば、あの絵葉書の建物も、なぜか、すべて明りを消して、雪の中にあったのだ。

違うことといえば……そう、画面の手前に、オーバーコートに毛糸の帽子をかぶった、聖歌隊とも思われる子供たちがいたことだ。手に手に楽譜やキャンドルを持って、こちらにほとんど背中をむけていたはず。

しかし、それも、今、その家に歩み寄ろうとしている義信たち五人を、聖歌隊だと考えれば、ほぼ同じだともいえた。

義信は一か月ばかり前、ひと目見ただけで、そのイギリス、チューダーふうの建物に魅惑された。そして、すぐさま、ここにしようと決めた。今、その本当の意味が、はっきりとわかってくる……。

この建物はどこかで見たような感じ。初印象でも微《かす》かに、そういう感覚があった。だが、その時は、雪という大きな道具だてが欠けていたからにちがいない。あの絵葉書までは思い出せなかったのだ。

勝浦由起夫《かつうらゆきお》も、靴の下にきしらせる雪の音を、少しゆるめていった。

「へー、なかなかしゃれた建物じゃないか。なるほど、ロマンチック好みの義信君が選んだところらしい。ともかく、こいつは、本物だ。今、見てきた駅前の、ハデハデに安物の、バラック・メルヘンふうとは、ちがう」

彼は、今、車で通過して来た、清里《きよさと》駅前のショッピング・ゾーンのことをいっているのだった。

一月末の午後六時少し過ぎ。清里はオフ・シーズン。しかも時間はずれもいいところ。だが、それでも駅前あたりは、所々のライト・アップの照明や、街灯、店から漏れ出る光で、一応の風景を見ることができたのだ。

「人生すべて経済学理論の勝浦君にも、あの建物がいいとわかるくらいの美的鑑賞眼はあるんだ」

すぐ後ろを歩いていた瀬戸《せと》ルリ子が、勝浦由起夫をからかう。いつもどこかとりすまして、冷たい口をきく女だけに、そんな冗談も、どこか毒気が漂わないでもない。

「馬鹿いうな」勝浦はかなりまじめな声。「……すぐれた経済感覚さえあれば、あらゆるものが評価できるんだ。芸術感覚なんていうやつは、センチでお人良しのやつらの、自己満足の遊びだけだ。すべてを誤らせるもとになる」

経済学部ピカ一の秀才、勝浦由起夫はいつも義信を感心させる、あのシャープな警句《エピグラム》調。

「その点、勝浦君はいつも厳正というわけか」

同じ大学四年というのに、細面《ほそおもて》に美しくまとまった顔つきの瀬戸ルリ子は、どこかもう人妻のような感じ。どこかで、人生をじっくり見通しているような、高見にかまえた雰囲気がある。

だから、秀才の勝浦由起夫の前でも、少しも遠慮がない。

「そうだ。あの別荘《ビラ》が、美術的や建築学的にどうだかは知らないが、材料も設計も吟味した、金のかかったものだとすぐ見抜ける。さすが、川光《かわこう》の建てたものらしい」

「でも、およそ、あの俗物の川光の趣味じゃないみたい。といっても、そういう感覚的なことは、勝浦さんにはわからないんだ」

義信が横から解説した。

「なんでも、子供のために、建てたんだとか。三年ばかり前……ああ、そのことは話しましたね」

「おれ、知ってるぜ、その息子っていうの！」

ルリ子と肩をこすり合わせるようにして、後ろを歩いている高森博《たかもりひろし》が声をあげた。

「……光一《こういち》っていう名でさ。イカレたやつだ。おやじが金と女の両方に狂っているというなら、こいつは、ただひたすらにあとの女のほうにだけ狂ってる奴さ。おやじが馬鹿な甘やかしかたをさせているから、それをいいことにして、六本木を根城にして、イカれたギャルをかたっぱしからナンパして歩いてたんだ」

ルリ子がまた皮肉る。

「それを指をくわえて見ていたのが、高森さんたちの恵まれない、六本木ごろつき《バム》・グループというわけ？」

「だけど、いいザマさ。なんでも、とうとうひどく質《たち》の悪い、年上の女につかまってさ。肝《ガッ》っ玉《ツ》を抜かれて、この一年ばかり前から、ばったり六本木にも現われなくなった。家の者も、消息を知らなくって、行方不明の形だっていうぜ」

次第に近づく建物の、屋根のほうに目をあげながら、ルリ子はいう。

「でも、いくら馬鹿っ甘やかしだといっても、子供のために、これだけのものを作ってやる川光の財力って、やっぱりすごいわね。あの白くほのかに光る屋根の上に、天使でも翔《と》ばしたら絵になるわよ」

皆より、二、三歩遅れて、今まで無言で歩いていた呉浩二《くれこうじ》が、重たい調子で口を開いた。

「しかし、イギリスのカントリーふう建築っていうやつは、どうも陰気だ。天使を翔ばすよりは、魔女か悪魔でも、翔ばしたほうがいい」

せっかくのロマンチックな気分を壊されたとでもいうように、ルリ子がむっとした。自分のすること、思うことに、少しでも邪魔が入ると、すぐ気分を悪くするような、我がままのところが彼女にはある。

彼女は歩みをいっそうゆるめて、もう一度その建物の品定めをした。

白い漆喰《しっくい》壁に、煉瓦《れんが》壁が少しデザイン的に入りまじり、そこに濃茶褐色の梁《はり》や柱を幾何学的な線で、垂直、水平、またはすかいにぶっ違わせ、真ん中正面に玄関ポーチの急傾斜の破風《はふ》をこちらに見せた建物。ルリ子は断定した。

「やっぱり翔んでるのは天使よ。呉さんは考えることが、ひねこびて陰鬱なんだから」

高森が賛成する。

「そうだ、そうだ。呉の陰鬱症も軽度の時は哲学者めいていいが、度が過ぎるとはた迷惑だ」

呉が彼にしては珍しい、卑近な言葉で反駁《はんばく》する。

「お前のエッチなのも、はた迷惑だがな」

冗談のつもりだったかも知れないが、口数の少ない呉が重たく、ぽつりというと、妙に深刻味を帯びてくる。

高森はむっとなる。

「お前のような、陰鬱な人生の生き方よりましだ」

「タッチの高森の渾名《あだな》どおり、お前は女の子にお触りさえしていれば、それでもう人生薔《ば》薇《ら》色っていう、単細胞のできっていうわけか」

呉は美学、高森は西洋史学科専攻の同じ三年生。必ずしも親友という仲ではないが、それにしても今日はひどく雰囲気が悪いように、義信には感じられた。

無理もない。きっと、ついさっきやってきた大きなことで、精神が高揚しているというか、不安定になっているというか……。そういうところなのだろう。

「なんといおうと、勝手だがな。人の生き方まで、つべこべいわないでほしいものだ」

「よせっ！」勝浦由起夫がびしりとして、クールな声を入れた。「……陰鬱だろうがエッチだろうが、翔んでいるのが、天使だろうが悪魔だろうが、ともかく大声は出すな。おれたちは、ここの別荘のパーティーに招かれたっていうわけじゃない！」

　高森は不機嫌を、今度は勝浦にむける。

「しかし、大声っていうけど……義信君は、あたり三百メートル半径には、もうほかに別荘がないといったんじゃ？」

　勝浦がかっきりした口調で答える。

「だが、前の通りまでは、百メートルない。通行人が、万が一にも声を聞きとがめるかも知れない。また、誰が、どこで、どういうことから、近くに来ているとも限らない」

「しかし、車は木の陰に念入りに隠してあるし……。そうビリビリしているのは、かえって自滅の元だ。気楽《イージー》に気楽《イージー》にって、沢木《さわき》さんも、そういってたじゃないか」

　相変わらず大きな声の高森に、勝浦は今度は柔らかくなだめる調子。

「わかった。それはいい。だが、沢木さんもいったろう？　ここにいる間のしばらくは、おれが沢木さんの代行だ。ともかく、おれのいうことを聞いて、おとなしくしてくれ。ことは成功したも同様なのだ。あとは結末をつけるだけだが、この結末が失敗することで、元も子もなくす可能性だってある」

ようやく高森の声もダウンする。

「わかったよ」

勝浦は数段の踏み段をあがって、ポーチの下に入る。

「喧嘩《けんか》したいなら、してもいい。だが、中に入ってから。低い声で、仲良く喧嘩しなだ」

あとに続く者も、ようやく沈黙して、次々とポーチの下に入り込んだ。

しかし、結局はかなり騒がしく、建物にむかった彼らだ。もし、そうでなかったら、そのポーチに至るまでに、あるいは雪上に一筋の足跡があるのに気づいたか?

実際のところ、それはわからない。もしそんなものがあったとしても、雪は四、五日前から何度か降り積もり、時に雪晴の昼を迎えて溶け、夜は凍るということを繰り返したものの。

かなり表面を固くして、足跡はほんの痕跡程度のものだったかも知れなかったからだ。

2

玄関の重たそうな樫《かし》のドアの前に立った勝浦は、ダッフル・コートのポケットに手を突っ込むと、鍵を取り出した。二つあった。

「本当に、それで開くのか？」

「もちろん。沢木さんがここに来て、鍵穴の型をとった。それを、学校の工学部の鋳金《ちゅうきん》学科の優秀な奴を抱き込んで、うまい理由で作らせたんだ。ロックのできは、普通のものよりは、かなり凝ったものだったそうだが……」

「だったら、なおさら、それでぴったり合うかどうか……」

「沢木さんにそんなことで、ぬかりがあるか。鍵を手に入れてから、またここに来て、すでに実験済みなんだ。ついでに、中に入って、大体の間取りも描いて来てくれた。これだ」

勝浦は首から紐《ひも》で下げた懐中電灯の灯をつけると、光の中に、ポケットの中から出した紙を開いて見せる。それから、それを瀬戸ルリ子に手渡す。（図参照）

それを皆が覗き込むうち、勝浦は懐中電灯の光を鍵穴に移すと、手にした鍵を差し込み

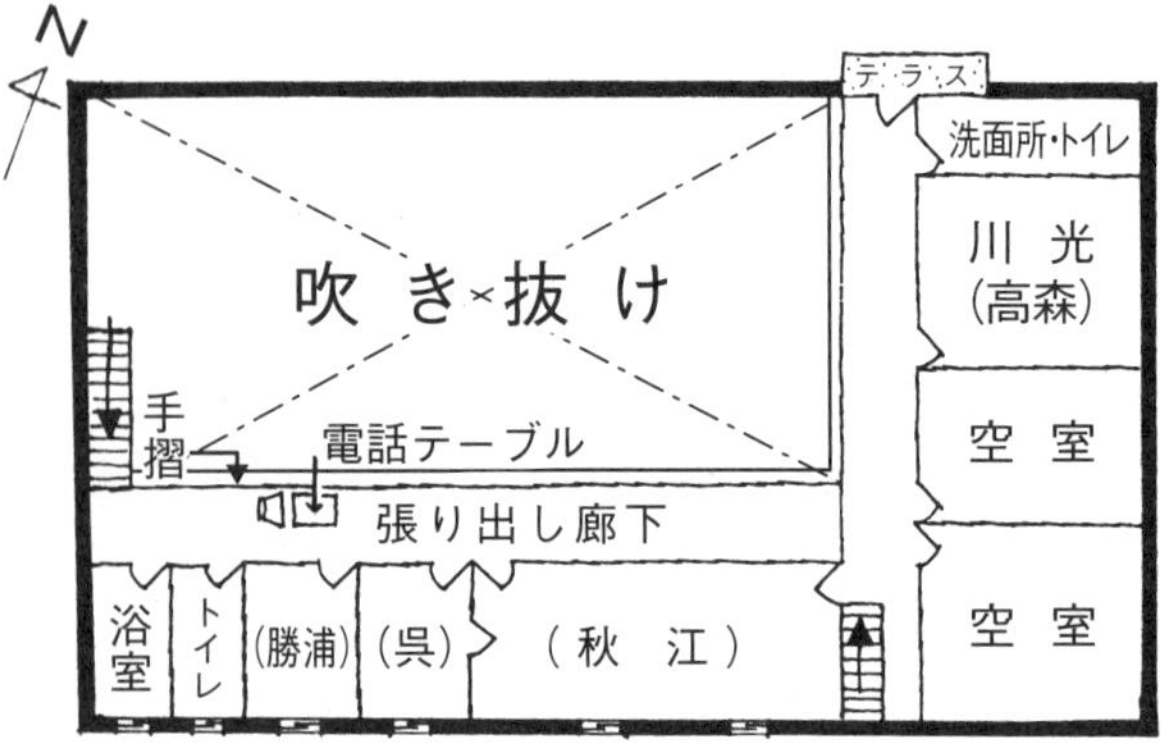
N
テラス
洗面所・トイレ
川光
(高森)
吹き抜け
空室
手摺
電話テーブル
張り出し廊下
空室
浴室
トイレ
(勝浦)
(呉)
(秋江)

2 階

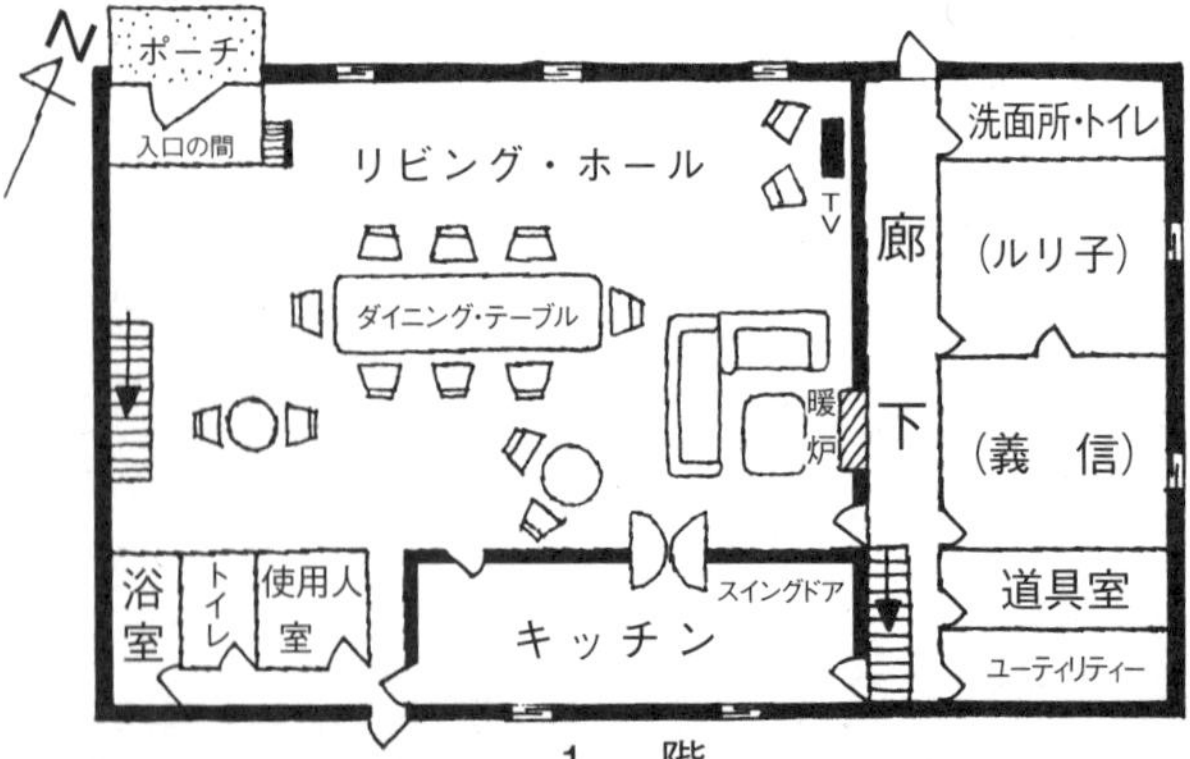
N
ポーチ
入口の間
リビング・ホール
洗面所・トイレ
TV
廊下
(ルリ子)
ダイニング・テーブル
暖炉
(義信)
浴室
トイレ
使用人室
スイングドア
道具室
キッチン
ユーティリティー

1 階

始めた。

ロックのはずれる微かな音が、わずかの間を置いて二度。

「防犯はロックが多ければいいなんていうのは、金も多く持っていればいいと信じている川光らしい短絡な無智だよ。複製をこうして作られたら、一つと二つは、四、五秒の差にすぎない……」

勝浦はいいながらドアを押す。重おもしくも静かに、むこうにむかって開く。

勝浦はルリ子から邸の見取図を取り上げて、ポケットにもどす。先頭に立って、中に踏み込む。

ポーチと同じ高さ《レベル》で、五平方メートルばかりの入口《ベスティーブル》の間の床。

そこから片側に手摺《てすり》のついた五、六段の階段がおりて、その下に、百平方メートルにあまる、吹き抜けホール状の、広いリビングルームが拡がっていた。

勝浦はその中に、一度、懐中電灯の光を大きくまわした。むこうのほうは光が届かないおぼろさ。

彼は横の壁に手を伸ばして、ちょっと探ると、スイッチを入れる音をたてた。

入口部分の、いくつかの照明が点灯する。

勝浦は軽やかな足取りで踏み段をおりて、ホールにおり立つ。すぐまた、横の壁のスイッチを入れる。

シャンデリアをベースにして、それを現代ふうにアレンジした豪華なデザインの照明が、まばゆく点灯した。同時に、壁のあちこちにビルト・インされた間接照明も、柔らかな光を流し始める。

「サスガー！　豪勢なものね」

ルリ子が息を嚥《の》んだ下から、低い声でいう。

中央部に長いダイニング・テーブル、その周囲にも、二つばかりの円卓。奥のほう、暖炉の前には、低いソファー、安楽椅子といった家具類。

すべてが、ぜいたくなスペースを取って、ただ散らばっているようでいて、けっこうしゃれたレイアウト感覚を、におわせていた。

「およそ、川光らしくない感覚ね。この家をプレゼントしてもらった、息子の光一とかいう人の考えかしら」

高森が吐き捨てるようにいう。

「あのイカレポンチの息子に、こんなセンスがあるはずがないや！」

「じゃあ、建築デザイナーや、インテリア・デザイナーまかせということかな。中の人たちは、ほんとうのところ、居心地悪くってしかたがないんだけど、見栄でがまんして住んでるって、成り金の家の人に良くあるんですって」

　勝浦はいま一度、中を見渡していった。

「美というのは、それ自体にはたいして意味はない。それを所有することで、初めて美として人を満足させるのさ。だから、住みにくくってもなんでも、川光はそれで幸せなのにちがいない」

「でも、ここは川光自身の別荘ではなくって、そのドラ息子のものだって、義信君、さっき、そんな話だったんじゃない？」

　ふりかえってルリ子にたずねられ、義信はうなずいた。

「ああ、そうだけど、ちょっと地元の人の話に聞いたところでは、川光のほうも、夏のシーズンには、時たま現われるとか……」

　勝浦が告示する調子でいった。

「ともかく、ここを所有するのでない我われにとっては、広くて、豪勢というだけで、あまり住み心地いいとは思えない。滞在はなるべく短いことをねがいたいが、ともかく、沢木さんがいうには、まず四日はかかりそうだという。建物の大体のところを見てまわって、頭に入れておくほうがいい。部屋はたくさんあるはずだから、まあ、ホテルにでも来たつもりで、自分の泊まりたい部屋を決めるんだな。おれも急いで、やらなくちゃいけないことがある」

勝浦はすばやい足取りで、南側のキッチンのほうに歩いていった。

「へっ、勝浦の奴、リーダー気取りで、張り切ってやがる」

その後ろ姿を見ながら、高森がいまいましそうに吐き捨てる。

「沢木さんにこっちのほうは、まかせられたんですから、責任を感じているんですよ」

義信が肩を持つ。

「しかし、なにも、ああまで、ボス風を吹かさなくたってよさそうなものだ。自分のいうことに、なんでもおれたちは従うと思っているようだ」

呉が重おもしく、ぽつりといった。それだけに、どこかすごみさえ漂わせて。

「あまり、べらべらしゃべるな」

「おっ、おまえまでが、ボス風を吹かそうっていうのか!?」

豊かで、平和な家庭に恵まれた義信としては、わずかのこじれた空気にも、いたたまれない気がする。そこから逃げようとするように、彼は瀬戸ルリ子に声をかけた。

「いっしょに、少し中を見てみようよ」

義信はルリ子を誘って、まずキッチンのほうへと歩き出した。

二階の廊下はホールの上に張り出して、東西に走っていた。片側は手摺となって、吹き抜けのホールがひと目に見渡せる。

その下を潜《くぐ》ると、キッチンに通じる二つの入口が開いていた。

片方は片側だけに開くドア。片方は料理運びの便利のためにだろう、両開き式の、どちら側にも開く、スプリング式蝶番《ちょうつがい》のついたもの。

その両開きのほうを通って、中に入る。

勝浦が隅の壁のほうで、なにかしていた。義信はその後ろを通り、部屋を斜めに横切り、西隅のドアを開けた。

体を外に乗り出して、左右を見る。そこにもホールのほうから来る、やや狭い廊下が走っていた。

横からいっしょに体を乗り出したルリ子が、むこう側のドアを見ていった。

「さっき、ちらっと見取図を見たところじゃ、むこうは使用人用の部屋、そして、そのむこうにトイレ、浴室等が並んでいるはずよ。そして、一階の住居用の部屋は、反対側の東のほう。行ってみましょうか」

二人は、再びキッチンを横切り始める。

途中で、彼等は勝浦が下にコードを垂らした電話機を手に一つ持って、壁際から離れて来るのを見た。

「ええっ、勝浦さん、その電話、どうするの？」

ルリ子がきく。

「この建物の中の電話機は、みんなコンセント式になっているが、沢木さんの連絡を受ける一つを残して、しばらくは、みんなはずさせてもらうんだ」

「それ、どういうこと!?」

ルリ子が不平をこめた声で、ききかえす。

「ここに閉じ籠《こ》もっていれば、ともかく退屈になる。誰かに電話をかけたくもなる。現に、ルリ子君、君なんか今の今、ブックレた顔をしたじゃないか。だが、おれたちがどこにいるかということを、今、少しでも嗅ぎつけられたら、それは危険につながるもとだ。電話を使うのは、沢木さんが来て、すべてが終わり、おれたちが解散するまで禁止だ。といっても、いつ、誰が、隙を盗んで、どこにかけるかわからない……」

「それも、我が天才、沢木さんの、緻密《ちみつ》で、注意深い指示というわけか？」

「そうだ。そっちの東側の部屋のほうに行こう。君たち恋人どうしは、そのあたりを隣り合わせに使ったほうがいいんじゃないか？」

「まあ、ずいぶん粋《いき》な気のまわしようだこと」

「ただし、電話があったら、やはりはずさせてもらう」

キッチンの東隅のドアを押すと、そこは広い廊下だった。いっしょに出て来た勝浦は、見取図ですでに大体を頭に入れていたのだろうか。壁のスイッチをあまり迷うようすもなく次つぎに入れる。

すぐ頭の上が、二階にあがる階段になっている。

そして、そのむかい合わせは、ユーティリティーと道具室と、それぞれに表示のあるドアの小部屋。

その北向うに、二つの居住用の部屋が並んでいた。

勝浦はその手前のドアを開け、中に入る。そのまたむこうの部屋との境の壁の、ドアの前に歩み寄る。そこを開けて、むこうに上半身を入れる。

すべて手早く、決まりのいい行動の男である。

「ちょうどいい。ここの二つは、隣の部屋とも連絡している。君たちはここにしたまえ」

彼はふりかえって、中を見まわす。一角に、電話機を見つけると、そこに歩み寄る。そのコンセントを引き抜く。

「悪いけど、もらって行くぜ。瀬戸君、むこうの部屋にもあるはずだ。手がいっぱいだから、少し手伝ってくれ。むこうの部屋のは、君が抜いて持って来てくれ」

義信は電話機を持って廊下に出て行く二人のあとに、取り残された。

彼は室内を見まわし、ベッドや鏡台、ちょっとしたテーブルや椅子と、まずはへたなペンションよりは上等と満足した。

そして、その家具調度類のひととおりを触ってみたり、使い心地を試してみたりしてから……。

もう少し建物の中を見物してみようと、廊下に出た。

位置関係からいって、まっすぐホールに通じると思われるドアがすぐ前にあった。それを押してみる。

そのとおりだった。再びホールに入ると、ちょうどキッチンから出て来た呉と、ばったり出会った。

あいかわらずの沈鬱さを漂わせた声で、彼はいう。

「驚いたね。僕がどうも陰気な建物だといったはずだ。ひどく窓が少なくて、しかも小さい。意図的に、そういう設計をしたとしか思われないが……しかも、それには、ことごとく鉄棒の縦格子がはめられている。こいつは、昼間も明りをつけていなければならないような建物だ」

美学専攻の彼は、やはり、そういうところには、早く気がつくようだ。

「そうなんですか。そういえば、僕が使うことにした部屋、あそこの窓も、なにか小さい感じで……カーテンが閉まっていました。鉄格子のことはわからなかったけど……」

「リゾート地の、開放的であるべきはずのビラだ。それに、鉄格子とは……なにか、人間の恐ろしい執念……そんなものが、この建物にはまつわりついているぜ」

「なにか、呉さんは、どうしても、この建物の屋根に悪魔を翔ばして、怪奇趣味に持っていきたいんですね」

「反対に、君はロマンティストの、お坊っちゃんだからな。もう少し見物させてもらうか……」

今、義信があとにしたドアを開けて、呉はその小背のクマのようながっちりした姿を消して行った。

義信はホールをゆっくり横切り始めた。木の肌触りや木目をフルに生かし、たっぷりと木材を使った、シンプルにして大胆なデザインの輸入もの家具類ばかりの配置。

そして、その間に、義信の背より高いか、ほぼ同じくらいの、アブストラクトな石や金属の彫刻作品がいくつか。

なるほど、ルリ子の指摘するように、これは通称川光こと、川口光栄《こうえい》のかかわったインテリアとは思われなかった。

部屋を横切ると、西側の壁に、蹴返しを略し、片側にこれもまたシンプルに幾何学的な線の組み合わせの手摺をつけた階段が、上の廊下にむかって斜めに取りついていた。二階に通じるのは、さっきの東の廊下の階段と、これとの二つがあるのだと、義信は理解した。

そこをのぼる。あがるにつれて、食堂兼リビングルームのホールが、下に広く見えてくる。

あがりきった所は、張り出し廊下の西端。

その時すぐ斜め前の部屋のドアが開いて、勝浦の姿がまた出て来た。

片手に、部屋の中から長いコードを引っ張っている電話機、片手にベッドサイド・テーブルかとも思われる小卓を持っていた。そのあとから、椅子を持ったルリ子の姿も現われる。

「やあ、義信君……」

勝浦は義信の姿を見ると声をかけた。

「……このおれが持っている電話機以外は使えないようにして、おれはこの廊下にテーブルを置いてすわらせてもらう……」

彼は廊下の手摺ぎりぎりにテーブルを置く。その上に電話機を乗せる。それからルリ子から椅子を受け取ると、それにすわる。

「……あとは、こうして、ここで、沢木さんからの連絡を待つばかりだ。ここからは下の部屋が全部見渡せるし、入口の玄関も良く見えるから、絶好の位置だ」

「こちらから沢木さんに、連絡することは……」

「できないし、また、そいつは危険だからやめようということになっている。ともかく、おれたちがこちらに到着したと思われるじゅうぶんな時間の頃、一回目の連絡が入る手筈《てはず》になっている。ぼつぼつ入ってもいい頃だと思うが……。義信君、まだむこうに並んだ二室は、調べていない。中を覗いて、電話があったら引き抜いて来てくれ」

勝浦は部屋の中から伸び出ている電話機のコードを、床の上にたるませた。

義信はそれをまたいで、今、勝浦が出て来た部屋の左隣のドアを開ける。壁を手探りして、スイッチを見つけ、点灯する。

中は義信が使うことにした、一階の部屋と大差なかった。ただかなりスペースが狭い。来客の宿泊用という感じだ。

ベッドサイド・テーブルには、電話機があった。

義信は歩み寄って、そのコンセントを引き抜く。

ドア口にもどろうとして、彼はそのむこうの部屋との境の壁に、ドアがあるのを見つけた。

歩み寄って、試しにノブをひねってみると、ロックはほどこされていないのがわかった。

ゆっくり、開けてみる。

とたんに、溢《あふ》れ出るようにして、光が飛び出して来たのに驚く。

瞬間、目がくらむ。それから、すぐに視覚をとりもどし、そこが今まで見たほかのどれよりも広い部屋であることを理解する。

むこうの隅のほうに、三方のカーテンを重たく引いた、豪華な天蓋《てんがい》つきのベッド、その少し離れた所に、これもまたアンティックものと思われる大きな鏡台……。

こんな光に溢れる場所の存在を、建物に近づく時に気づかなかったのは、その部屋は南向き、そして玄関入口はまるで反対側の北向きであったためか……。

視線を少しまわした義信は、ただでさえしびれた体を、今度は完全に硬直させた。

デスクの前に一人の女……横顔をこちらにむけた女が椅子にすわっていたのだ。

書き物をしているようだった……。

3

女はよほど、書き物に夢中だったのか。それに広い部屋だったので、義信の所からは、ずいぶんと距離があったせいもあるかも知れない。

義信が部屋を開けたことにも、まるで気がつかないようす。一心にペンを走らせていた。

義信はしびれたように、ドア口にたたずんだまま。

女はダークの青のシルク・ジャガードのワンピースに、金ラメを一面にちらばせたパーティー用とも思われる濃紺のジャケット、耳に大粒の真珠のイアリングを光らせて、ひどくドレッシー。

歳《とし》は……二十も半ば過ぎか……。ともかく義信よりは、四、五歳上……。

その書き物に熱中している横顔に、義信は注意を集めて……彼はますますしびれてしまっていた。

似ていたのだ！　あのクリスマス・カードをくれた、陽子《ようこ》……彼はヨーちゃん、ヨーちゃんと呼んでいた叔母に！

もちろん、それがそのヨーちゃんであるはずがない。

それは十一、二年前のこと。ヨーちゃんも、もう三十半ばになっているにちがいないのだから。

だが、それにしても、さっき叔母のクリスマス・カードを思い出し、そして、今、この無人であるはずのビラの一室に、一人謎めいてすわるその叔母に似た女を見つけようとは……

しびれた状態から、ようやく義信は抜け出たものの、それからもまだしばらくは、そのままでいた。

なにか、このままその女性を、そっと、そこに置いておきたいという、ぞくっとするような感覚に包まれていたからだ。

だから、彼はほとんど無意識に、こちらの部屋の外にいる勝浦を呼んでから、しまったという後悔に襲われたものだ。

義信が勝浦を呼んだ声は、驚きと躊躇《ちゅうちょ》で、決して大きなものではなかったはず。だが、奇妙な声になっていたことはまちがいない。

そして勝浦も、これからの課題の状況を背負って、かなり緊張していたのだろう。廊下の椅子から飛び上がるようにして、疾走して来たらしい。

椅子の倒れるような音に続いて、床板を踏み抜くような音が近づいて来た……、と思う間に、勝浦の黒い影が部屋に飛び込み、もう義信の横に立っていた。

女も義信のあげた声に、ようやく顔の正面をこちらにむけた。

ふしぎなくらいの彼女のおちつきは、初めは呆然《ぼうぜん》からくるものだとも思われた。

だが椅子にすわったままで、それからもまだ三、四秒は無言で、身動きもしなかったのは、どういうわけか？

あるいは、このビラの中に人がいるはずがないと、なおも断固として信じているような感じであった。

勝浦は義信を押しのけるようにして、ドア口に立ちはだかった。

「君は……誰だ!?」

「お言葉ね。人の住まいに無断で入っていらっしゃったあなたが、『誰だ？』はないでしょ」

勝浦もさすがに乱れる。

「というと……あんたは……」

「ここの家の者にきまっているでしょ。そういうあなたがたは、誰だとおっしゃるの？」

女は立ち上がる。それからはっとしたように、机の上で書いていた紙に目を落すと、急いでそれを引き開けた、下の引出しにしまった。

彼女が初めて見せた、乱れのようすだった。

勝浦はそんなわずかの隙にでもつけこんだように、本来の調子をとりもどしていた。こわもてに答え始めた。

「確かに無断で侵入して来た者だ」

女はゆっくりした足取りで、義信たちのほうにむかって、体を運んでくる。長いスカートが、厚手で豪華な、ウィルトン・カーペットを微かに撫《な》でる。

「じゃあ、出て行ってください……といったら、どうなさる？」

「答えることもないでしょう。断わられても、いさせてもらいます」

「じゃあ、あなたたちはこの建物が、誰のものかも知っていて、不法に侵入していらっしゃったというわけ？」

女は勝浦たちの手前、三メートルばかりの所で立ち止まった。

「まあ、そういうことだが……」

「お断わりしておきますけれど、ここにはあなたたちが欲しがっているようなものは、なにもないはずです。まったくのリゾート用に、それも主として弟のために、父が建てたものですからね。まあ、家具や彫刻作品には、かなりのお金になるものもあるでしょうが、どれも大きいものばかりです。父の部屋には、父の趣味のインド美術品といったものもありますが、これも、こんな別荘ですもの。ほとんどが複製品とか、写真とか、それにごく安価な民芸品といったものばかりで……」

勝浦がおおいかぶせた。

「父や弟というところを見ると、あんたは川光の娘……」

勝浦はそういう存在を知っているかをたずねるように、義信のほうを見た。

女の顔を……美しさが匂い出すといった感じの、その女の白く柔らかな線の顔を、ほとんど放心したように見ていた義信が、ようやく我をとりもどす。

「いや、息子がいるとは聞いていたけど……そのほかのことは……」

「姉で、秋江《あきえ》という女がいるっていうことも、おぼえておいてちょうだい。それであなたがたは？」

勝浦はその細く、やや骨ばった顔に、苦笑を浮かべて見せた。

「そりゃあ、こういう入りかたをした人間だからね。それをいうわけにはいかないくらいは、わかってもらえるはずだ。しかし、いささか誤解があるようだ。おれたちは、ここに泥棒に来たのではない。実際のところ、ここのビラをしばらくの間、拝借させてもらいたい……ただ、それだけのことなんだ。だから、もしあんたがいなければ、拝借後は、すべてをもとどおりにして……掃除くらいも一応はして、立ち去りたいというつもりだったんだ」

「そうか。わかりかけてきたわ。そんな紳士的なことをなさるのは、あとに痕跡が残らないため……ほんとうのところは、そうなんでしょう？　つまり、あなたたちは、なにか良くないことを……それも、見たところ、無智無教養な犯罪者や、やくざではなさそうですから……なにか、あるいは思想的なテロといったものかな……ともかくそういう良くないことをやって、一時的な隠れ場所にここを選んだ……」

「あまり詮索しないほうが、得だと思うんだが……」

途中までいってから、勝浦ははっとしたようにいきなり女に飛びついた……と見えたが、実際には、その横をすり抜け、部屋の中に走り込みながら、あたりを見まわしていた。

さっき女が書き物をしていたデスクの上に、電話機を見つける。そこに直行する。壁際のほうにやや身をかがめて、そのコンセントに手を伸ばす。コードを引き抜く。

それで、勝浦はやや安心したようすから、またはっと気がついたよう。外にむかった壁に、大股に歩み寄った。

呉の指摘したように、ここの部屋も窓が少なかった。二か所のみ。

その二つのカーテンを次つぎに開けた勝浦は、そこに鉄格子があるのを見て、ようやく安心したようだ。

電話機を手にしてもどって来た。

「さっきもいったとおりだ。おれたちのことを詮索するのは、あんたのためにも得ではないし、こちらとしてもありがたくない。しかし、そうして、おちついて話してもらえるところをみると、おれたちの提示する話にも乗ってくれるんじゃないだろうか?」

「泥棒のたけだけしさね。でも、自分のことを考えれば、この場合、ある程度妥協は必要なのかも……。それで、あなたが提示したい話というのは？」

爽やかにおちついたようすが、ますます川口秋江を、高貴に美しくしていた。

叔母のヨーちゃんにもそれがあった。どこからどこまでも似ている……。

義信は息を嚥んで、秋江という女を見つめるばかりだった。

だが、勝浦もそのクールさでは負けていない感じ。状況を慎重に読みながらのようすで、歯切れ良く、話を押し進める。

「ともかく、しばらくここにいさせてほしいという提示だ」

「妥協しなければいけないんでしょうね。いつまで？　長い間はいやよ」

「あさってまでいっぱい……いや、ひょっとしたら、もう一日くらいのびるかも知れないが……」

「おだやかな滞在願い……そんなふうにも受け取れるけど、でも、そうして、電話機を取り上げたり、窓の戸締まりを確かめたりしたとこを見ると、その間は、私を完全に監禁するというんでしょ？　私のほうからも提示するわ。あなたたちの滞在は、許可してもいいわ。でも、私がそれにおつきあいするのはいや。私はここから出してちょうだい。でも、約束する、あなたたちのことは、誰にもいわないと」

「あんたのような人なら、その約束を守ってくれる……そんな気持ちもするが、おれもそこまでお人良しではない……」

突然、騒ぎが起こった。激しくいい争う声。下のホールのほうでだった。

川口秋江の顔がこわばる。まだほかに人がいるとは思っていなかったらしい。

争いの声はますます激しくなり、なにか物を投げる音か、転がる音まで聞こえる。

勝浦は廊下にむかって、突進して行った。

義信もあとに続く。

呉と高森が鼻を突き合わせんばかりにして、ホールの片隅で対峙《たいじ》していた。

義信が手摺に取りついたとたん、どちらかがまた大声で叫ぶと、後ろ手に丸テーブルにある花瓶を取り上げた。

高森のほうだった。彼はいきなりその腕をふり上げる。大きく後ろに引く。

呉が色黒の顔に血をのぼらせているのが、張り出し廊下の上からも、かなりはっきりわかった。だが、高森が花瓶をふり上げた時には、すでにすばやく、その身を低めていた。

そして高森が投げた花瓶も、激昂《げっこう》のためだろう。初めからかなり方向が逸《そ》れていたから、呉とかなり離れた所を通過して、後ろのテレビにまともに衝突。

ガラスの砕ける音が聞こえたと思われたのは、ほんの瞬間。

なにか風船でも爆発するような大きな空気音があがった。テレビのブラウン管が破裂したのだ。

しかし、呉のほうも負けてはいなかった。その容姿どおりのクマとなって、狂暴さをむき出した。

テレビの上に、黒い箱型の物を見つけると、床に砕け散ったガラス破片を踏みつけ、いきなりそれを手に取る。ラジオ・カセットだった。

ふりかえりざま、投げつける。

だが、その投げかたは、ただパワーに溢れているというだけのものだった。力あまって、砲弾は手から離れるのが遅く、高森が後ろに飛びのいたあとで、空中を飛び始め、激しい音をたてて、床に飛び跳ねて止まる。

足元のキッチンのほうから、ルリ子も駆け出して来た。

しかし、二人の剣幕に恐れをなしたように、義信たちの真下で棒立ちになる。

行動には素早いはずの勝浦も、しばらくの間は呆然として、下のありさまを見る。だが、それからすごい勢いで廊下を駆け抜け、階段をおり始めた。

あとから歩み寄っていた川口秋江が、義信の横であきれたようにいった。

「おやおや、お客様は、まだいっぱいいらっしゃったの。それも、私が思ったほど、紳士的でないような……」

その時には、勝浦は二人の間に割って入っていた。

「馬鹿馬鹿しい！　安物映画の、悪党どうしの仲間割れシーンなんていうのは、お断わりだ！　さっきから、どうも口論が続いていたが、根はくだらないことからじゃないか！　沢木さんも初めに、何度も注意していたろうが!?　一番こわいのは、仲間どうしの心理や行動の齟齬《そご》だと」

ビラの外での二人の間の歪んだ空気が、そのまま中に持ち込まれていたことは、義信も感じていた。

だが、そうかといって、二人の間でそんな暴力が爆発するような雲行きだとは、思われなかった。

やはり、ついさっきやってきたことが、いまだに二人を異様に興奮させているのにちがいない。

だから勝浦に割って入られると、彼らは急速に逆上をおさめていた。

勝浦は壊れたテレビから足元のラジオ・カセットへと、視線を投げる。

「しかし、それにしても……テレビとラジオとはな！　これじゃあ、外部からの情報から、まるでおれたちは閉ざされてしまう……」

　勝浦は歯で唇を噛みしめてから、思いなおしたようだ。

「……まあ、かえっていいか！　結局、高森も呉も神経質《ナーバス》になりすぎているんだ。こういう状況には、へたなインテリほど、弱いという」

「おれはへたなインテリか!?」

　呉が噛みついた。

　さすがの勝浦もいささか慌てる。

「いや、そういうわけじゃないが……」

　呉は急に考えをあらためたよう。語調がやわらぐ。

「いや、まあ、へたなインテリのほうがいいだろう。高森のほうはインテリにもならないから、〝へた〟もつけられず、ただ無智の助平野郎……」

「なにっ!?」

　突進して来ようとする高森に、勝浦は正面から体の壁を作って立ちはだかる。なごんだ声を、必死に作っていう。

「いや、案外、お前たちのやったことは、怪我の功名かも知れない。テレビやラジオもなければ、へたな情報も入らない。だから、じたばたして、まずい行動をとることもない。ただ待つのみ……おれたちが最初から覚悟していた理想的な状態に、期せずして、なったわけだからな……」

　勝浦は険悪な雰囲気をそらそうとするように、それからいささか芝居がかりの陽気な調子になった。

「……それより、みんな、紹介しよう……」

　彼は上の廊下をふり仰いだ。

　そこには、パーティー会場におりて来る、招待客の貴婦人のように、手摺に寄って、ド
レス・アップした川口秋江が立っていた。

「……高森、呉、実はとんだ邪魔者が入った……いや、訂正。我われのほうが邪魔者なん
だが、あちらは、ここのビラのお嬢さんの川口秋江さん……」

　本来なら、二人のこじれた雰囲気はまだ尾を引っ張っているところだったかも知れない、
だが、突然、頭上に現われたこの意外な人物の出現に、それは消散した。

　呉も高森もあっけにとられ、口を半開きにしたまま、ただふり仰ぐ姿勢。

　大きな声をあげたのは、ルリ子だった。

「ビラのお嬢さん……って……だって、義信君はちゃんと調べて、これまで冬の間は、川
光の人は誰も来たことはないって……!?」

　川口秋江はおちついた声を、舞い落して来た。

「それが、このビラができて初めて、私、ちょっとした気まぐれを起こしたの。それで、なにか私のほうが、おじゃましたような形になったような……」

突然、広びろとしたホールの空気を、いらだたしくひっかきまわすように、ブザーの音が鳴り響いた。勝浦が廊下のテーブルの上に出した電話だった。

勝浦はおそろしく敏速に階段を駆け上がる。それに取りつく。

「ああ、沢木さん！……ええ……ええ、無事につきましたが、それがちょっと、ひとつ、やっかいなことが……」

そこまでいってから、勝浦は、義信と並んで少し離れた所に立つ、秋江に視線をやる。そして急に声を落とす。

それでもう義信の耳にも、勝浦の声は聞こえなくなっていた。

ホールにたたずむ高森、呉、ルリ子、そして二階の廊下の手摺ぎわに立つ義信、秋江は、半端な形で沈黙する。

だが勝浦の話は、割合い手短に終わった。彼は受話器をおろすと皆に大声でいった。

「今のところ、ことは予定どおり進行している。みんなにもよろしくいってくれとの、沢木さんの伝言だ。ともかく、腹が減った。人間というのは生理的動物……ということは、もっとシビアにいえば物理的動物だ。空腹は愛さえも裏切る仕掛けになっている。ともかく食おうぜ。高森たちのつまらない喧嘩も、そのせいじゃないか。ルリ子君、車のトランクから、義信君が買って用意しておいたという、食料を運んでくれないか？」

義信がいった。

「ああ、僕も手伝う」

「いいわ。私、一人でやる」

いつもは、どちらかといえば、歳上の女として、義信をかしずかせる傾向ばかりのルリ子だ。

それが馬鹿に張り切っている。やはり、それなりに、ことの重要さを認識しているのかも知れない。

そう思いながらも、義信は彼女をかばった。

「いいよ。僕一人で、なんとかなる」

今度は、上の廊下から勝浦がいった。

「義信君、君はともかく、料理のほうでいつもの腕を発揮してくれ。キッチンを覗いて、下見だ。第一、お坊っちゃん育ちの君は、どうも人が良くて、行動もおおらかすぎる。このビラの外に出たりすると、どんなまずいことをやらないとも限らない。ともかく、ここのまわりに人の姿がうろつくのは禁物《きんもつ》だ。機敏なルリ子君にまかせよう」

勝浦はそれで、話はすんだというように、今度は手摺のそばにいる秋江に視線を投げた。

「……川口さん、もし、食事がまだだというなら、おれたちの夕食に招待してもいいんですがね？」

秋江の微笑は実際のところ、苦笑だったかも知れない。

「乱入者に、そこの家人が、夕食を招待されるなんて、おかしな話ね。だけど、この状況では、それをお受けするほかはないのかしら。お返しに、私も、一、二点、料理を作ってあげてもいいんだけど、あいにく、冷蔵庫はまるで空っぽで、それもできないし……」

「義信君は、おれたちの間でも評判の学生コックでね。時代の流れからして、早晩、学校にグルメ・クラブなんていうのもできることになったら、まだ一年生ではあっても、部長はまちがいなしというところなんだ。なにか、青山の紀ノ国屋で、しこたま食料を買い込んで来てくれたらしい。おい、義信君、ルリ子君に車のキーを」

義信はポケットからキーを取り出した。

「ルリ子君、この真下に来てくれ」

義信は、手摺に歩み寄ると、真下の小さな円卓の横に立ったルリ子の手の中に、キーを落す。

それを見て、秋江がいう。

「そうなの。あなたたち、車で来たというわけ」

「まあ、そういうことだ」

「でも、それにしても、どうして、選《よ》りに選って、このビラを選んだというの？」

「忠告しておく。『猫は好奇心で身を滅ぼす』。君の冷静にして、度胸のある態度は気に入ったが、好奇心のほうは気に入らない。夕食の招待があるまで、黙って自分の部屋にひっこんでてくれ」

「結局は、私は体《てい》よく、囚《とら》われの身というわけね」

川口秋江はゆっくりと身をまわすと、自分の部屋のドアを開けて消えて行った。

勝浦は今度は下にむかって、呼びかけた。

「……高森と呉は、ここにあがって来てくれ」

呉と高森はホールの階段をあがって、廊下の勝浦の所に近づいた。

勝浦はちょっと声を低めた。

「ご苦労さん。さて、それで、呉、君は、今、川光の娘の入ったこっち隣の部屋を、自分のものにしろ。むこうの部屋との境にドアがある。どうもあの女は気に入ったようで、気に入らないところがある。窓には鉄格子がはまっているし、こちらの廊下はおれが見張っているから、逃亡はできないと思うが、時どき、それとなくようすを見てくれ。高森のようなエッチな奴にそいつをさせると、どんな気を起こすかわからないからな。今の我われにもっとも大切なのは、些細なトラブルも起こさないようにすることだ」

　高森がむっとなる。

「勝浦、おれ、今度は、ほんとに怒るぜ。おれはエッチではなく官能賛美者だ」

「だから、彼女には、なんの心を動かすものもないというのか？」

　高森はその厚く、かわいた唇を、にやりとゆがめた。

「そういわれりゃあ、そうじゃあないとはいえないがね。特にああいうタイプの女は、まだつまんだことはないからな。しかし、今はがまんしとくよ。それよりは、この先を曲がって、三つある部屋の一番奥の部屋……」彼は廊下の東奥のほうを指さした。

「……あそこに、おれの好みのものが、かなりあるみたいだから……」

「ああ、おれも電話を抜いて歩いた時、ちょっと見た。あそこが、娘も、さっき、ちょっといっていた、川光の部屋なんだろう。あれは……みんな、インドの物なのかな……」

　呉がぽつりと口を入れた。

「ああ、そうだ」

「ともかく、高森好みの、恐ろしくポルノチックな、男女が二人ずつからみあった彫刻が立っていたり、それに絵やレリーフみたいな石造りの物が、並べて壁に飾ってあったり

「……」

「だが、今、娘から聞いたところでは、このビラにあるのはほとんどが、複製や偽物らしい」

「じゃあ、本物はどこにあるんだ？」

「さあ……。東京の邸の蔵にでも、たいせつにしまってあるのか……」

美学専攻の呉が、横から解説する。

「確かにあの部屋にある物は、絵は複製だし、レリーフ彫刻は、良くできているが、石に似せた合成樹脂の写し《レプリカ》とすぐにわかった。だから、それとそっくりのものが、並んでいる南詰めの部屋にも飾ってあった」

「だが、ともかく、大胆な交 接《インターコース》のものばかりで、おまけに女は揃ってパイオツがボインで、ウエストはキュッとくびれたものばかり……」

「彫刻はミトゥナで、絵は細密画《ミニアチュール》だ」

「呉にかかると、ああいうものも学問的になるな。ともかく、あそこには、いかにも色おやじで名高い、川光が集めていそうなものがいっぱい飾ってある。だから、高森には絶好の部屋だ。おまえにわりあてるから、まあ芸術的好色心という、少しはましな教養をつけながら、あの部屋でおとなしくしてろ」

「わかった、わかった」

呉と高森をそれぞれの部屋に行かせると、勝浦は廊下に出した椅子にすわっておちついた。

しばらくして、外の車に出ていたルリ子が、大きなペーパー・バッグを数包み抱えて、もどって来た。

こぼれ落ちんばかりの荷物を、膝のあたりで止めるようにして、上にいる勝浦に呼びかける。

「雪がすごく降ってきたわよ」

なるほど、ルリ子の肩には、もうはっきりそれとわかる白いものがあった。

「やっぱりか。いやな天気だったからな。また、積もるのかな。まあ、それのほうが、ますますここが孤立《こりつ》する感じになって、ありがたいが……」

「まだ、荷物、少し残っているの……」

一度、キッチンに消えたルリ子は、再び外に出て行く。そして、前よりももっと白いものを肩に目立たせて、もどって来た。また、台所に消える。

ルリ子を手伝う義信の姿が、キッチンとホールのダイニング・テーブルの間を、皿や料理を持って頻繁《ひんぱん》に往復し始めたのは、それから二十分ばかりたってからだった。

やがてルリ子が、勝浦の足元に現われると、首をいっぱいに曲げて、ふり仰いだ。

「用意ができたわ。みんなを呼んで」

「わかった」

椅子から立ち上がった勝浦は、すぐそばの、呉のいるドアをノックなしに開け、中に声をかけた。

「おい、飯ができたそうだ。隣の貴婦人も呼んでくれ。ついでに、高森の所にも行って、知らせてくれ」

呉がドアから現われ、廊下の東奥から鉤《かぎ》の手に曲がるほうに高森を呼びに行く。

同時に、川口秋江の姿も向う隣の部屋のドアから現われた。

ゆっくりと、しかし滑らかな身の運びで、勝浦の前を通って、階段にむかって行く。

勝浦も椅子から立ち上がって、そのあとに続く。

義信とルリ子も、キッチンから現われる。

川口秋江は軽くスカートをさばくようにして、テーブルの前についた。そして、テーブルの上をひとわたり見まわして、軽く驚きの声をあげる。

「ほんと！　これは、これは大変な御馳走！　キャビアまであるわ！　フランス直輸入ものらしいチーズもブドウ酒も、それにサラミ・ソーセージもあれば、牛タンを……これは……ボイルしてから、このソースは……」

けっこう食通らしく、タンの料理に目を寄せる秋江に、ルリ子が解説した。少し皮肉っぽい調子で。

「本物のグルメというのは、金持ちでなければならないの。その点では、義信君は惜しみなくお金を使えるんですもの」

「そうなの。じゃあ、義信君はかなり裕福な家の……」

「義信君の姓《せい》は三沢《みさわ》。ご存じじゃない。ほら、あの三沢商事の社長で、太平洋経済団体連盟の会長の……」

「よせ！　ルリ子……」鋭《するど》く声を入れたのは、勝浦だった。「……彼はおやじの名前を出されるのが、一番、きらいなんだ」

ルリ子は首をすくめる。

だが、秋江はもうそれを機敏に耳に入れていた。

「そうなのか！　私も知ってるわ。あの三沢為義《ためよし》さんの息子さん……。それで、あなたって、この中で、一番、お坊っちゃんぽくて、言葉づかいも良くって……。でもそんな人がなぜ、こんな押し込み強盗のような真似を……」

勝浦が鋭くとがめた。

「おれたちが強盗をしたかね!? やったことは、ただ押し込みにすぎない」

「それから不法監禁」

「だが、そのおわびに、ともかく、いささかの御馳走をさせてもらっている」

「おわびというのが、これだけというのは疑問だわね。でも、ひょっとしたら、あなたたち、ただの押し込みじゃなくて、ほんとうはそのあとに強盗がつくようなことを、よそではやって来たんじゃない？ それで、ここに隠れに来た。そして、ひょっとしたら、そのうちに、誰かが奪った金を持ってここに現われる。そしてまた、ひょっとしたら、その誰かは、あなたがさっき電話をしていた沢木さんとかいう人……」

義信はクラッカーにキャビアを乗せながら、川口秋江の明快な回転の頭に感心する。だが同時に、ひやりとする思いも抱く。

「川口さん、忠告しておくぜ。そういうことは、どのみち、あんたには関係ないんだ。あまりよけいなことは考えないほうがいい」

「考えるなといわれても、考えないわけにはいかないんじゃない？ でもね、もしこんな失礼を本気で申し訳ないと思っているなら、こんな御馳走ばかりじゃすまないと思うんだけどな。相当の礼金を払ってもいいんじゃないかと思うけど」

「さすが、川光の娘だな。そんなやさしい、きれいな顔をして、なにかかなり悪っぽい、むこう見ずの、脅迫めいた口をきく」

「ええ、私には、今、こわいことなんか、なに一つないんですもの」

「大金持ちの川光の娘となれば、こわいものなしか。しかし、もう、この話はやめだ！」

さすがの勝浦もいささかもてあました感じになる。「……ともかく、ここに並んだのが、御馳走だというなら、黙って食ってくれ……」

そこまでいい、自らも食事を取ろうとして、勝浦は思い出したようだ。

「……おい、高森はどうしたんだ？　呉、呼びに行ってくれたんだろうな？」

「ああ」

「それにしては遅いな。あの部屋の芸術作品に、まだ感動しているとでもいうのか？」

ホールから、一階の廊下に直接出るドアを押し開けて、高森の姿が出て来たのは、その時だった。

テーブルについたほとんどの者が、そのほうをちらと見た。それからまた、とりかかったばかりの食事にもどろうとして、彼らは高森の歩みのおかしさに気づいた。

あっけにとられて見るうちに、高森の脚の膝がガクッと、大きく前に折れ……。

その瞬間、高森の心臓部に、なにかが突き立っているのが認められた。

ナイフか、刀状のもの！

高森は糸の切れた操り人形のように、脚を崩して体を沈め始める。半分ばかり体をねじる。そして、うつむけに倒れ、ナイフが床に衝突して、それ以上深く刺さり込むのだけは必死に避けようとした。そんなふうにも見えて……。

次の瞬間には、高森は、床に鈍い音をたてて、あおむけに倒れた。

転倒の動作にピリオドを打つように、コツンと彼の後頭部が床にぶつかる小さな音。

テーブルをかこんだ者たちが、そこに走り寄った時は、まだ高森は微かに意識を残していたらしい。

「高森、どうしたんだ!?　誰かにやられたというのか!?　おいっ、どうしたんだ!?」

勝浦は天井に柄を垂直にむけて、高森の胸から生えている凶器と、その根元を染める赤い色に、瞬間、ちょっと手を出しそうになって、慌てて手を引っ込めた。

うめくように、高森から声が漏れた。

「へやに……。へやに……」

だが、そこまでいったのが、すべてだった。

高森はほんの四、五秒の間、分厚い唇を痙攣《けいれん》状にうごめかして、息絶えた。

第二章　密室の中の六人

1

「……やはり、犯人が出入りできる所はどこにもない。この建物のすべての窓に、頑丈そうな鉄格子がはまっていた。そして、今、みんなで調べたとおり、その一本でも、抜いてから元にもどしたという痕跡もない……」

ホールのダイニング・テーブルにもどった勝浦は、立ったまま、テーブルから取り上げたクラッカーを、口に持っていった。

それはほかの者も、同じだった。もう夕食もなにもない感じ。しかし、空腹だけはどうしようもなかったのだろう。やはり、勝浦と同じように、時たま、料理をつまみあげていた。

その中で、秋江だけが、ゆっくりと椅子に腰をおろして、ナイフとフォークを動かしている。

「……といって、そのほかに外から出入りできる口としたら、一階では、南北に走る廊下の北詰めのドアと、キッチンの西にある廊下からの裏口、二階では南北に走る廊下のやはり北詰めのテラスに出るドアの三か所しかない。だが、そのすべてが頑丈な樫製。しかも玄関のドアと同じように、二か所にロックがあり、外からは当然、キーを使わなければ開かないし、内側はポッチをひねって、手でロックすることができるが、それはすべてしっかりかかっていた……」

ルリ子がたずねかえした。

「でも、さっき、初めて来て、中をみんなで見てまわった時には、はたして、それがちゃんと閉まっていたかどうか、すべて確かめたわけではないんでしょ?」

「おれは二階のドアについては、確かに閉まっていたと断言できる。テラスに出てみようとしたのだが、ロックがおりていた。それで、めんどくさいので、外に出るのはやめにした」

「じゃあ、ほかのドア二つについては、どうなの? 誰か、勝浦さんみたいに試した?」

ルリ子は義信と呉の顔を見る。二人は首を横にふる。

「ほら、じゃあ、そこが開けっぱなしになっていて、犯人はそこから、入って来たのかも」

「実際には、この前、沢木さんが合い鍵を試しに来た時、そういうドアも試してみて、しっかりロックされていることを確かめたと話に聞いている。だから、おそらく常時閉まっているものと思われるが……」勝浦は秋江に視線を投げた。「……川口さん、どうなんだ、そのあたりは」

口をつけたブドウ酒のグラスの縁に、目を寄せるようにして、そのむこうから彼女はほほえんだ。

「おっしゃるとおりよ。常時、閉まっているはずよ」

勝浦は数式理論を述べ立てるように、まっすぐな説明を続ける。

「しかし、とにかく、万が一にでも、なにかのことで、それが開いていたとしよう。だが、それなら、犯人はここを出た時、どうして外から二つのロックをおろしたというのだ？」

誰からも返事はなかった。

「また、たとえば、おれたちと同じように、犯人はドアの合い鍵を作っていて、侵入は簡単だったと仮定しよう。しかし、なんでこの建物は、別荘というのに、こう戸締まりが厳重なのかわからないが、どのドアにも、内側からずいぶん頑丈そうな金属製の差し込み錠が取りつけてある。そして、それもまた全部おりていた。玄関のものを除いてだが。しかし、玄関はこの建物を全部無人にして出て行く時は、中から手でかけるわけにはいかないから、当然のことだ。そして、おれたちはここに入ってからは、誰かが絶えずこのホールか二階で、玄関の見える所にいたようなものだから、そこから出入りした人間はないと断言できる」

ルリ子のややとりすまして美しい面《おも》だちに、おびえの色が微かに浮かび始めた。言葉も乱れる。

「でも……やっぱり、犯人は玄関から入り込んだのかも……。ともかく、私が車から食べ物を運ぶために出入りした時は、まるでロックはしていなかった。時間があったのよ。だから……」

「いや、それはありえない。確かに、その間、ロックはかかっていなかったろう。だが、状況が状況だから、おれはその間、あの上の廊下からずっと玄関を注意して見ていたのだ。だから断言できる。その間、そこから出入りした者はいなかった。そしておれは、君が二度目の運搬を終わってから、中から手でポッチをまわして、二つの錠をロックしたのも見ているのだ」

「ええ、そうよ……」

ルリ子は舌で唇を軽く嘗《な》め、不安を押さえようとするように、目の前にあるグラスに手を伸ばした。口をつける。

「ウエッ！」

小さくうめいて、彼女は顔をしかめた。

「なに、これ!?　ブドウ酒じゃあないの!?」

「そいつはおれのだ。めんどうくさいから、コップについだんだ」

答えた勝浦をうらめしそうに見てから、ルリ子はテーブルの上を見まわす。

「私はお酒はきらい……っていうより、アレルギーだっていっていいくらいは、知ってるでしょ？　義信君、コーラか……ジュースでもいいけど……ないの？」

「ごめん……」義信は紀ノ国屋で買い物をする時、最後にコーラの特大壜《びん》を半ダースばかり買おうと思いながら、すっかり忘れてしまったことを思い出していた。「……頭にはあったんだが、けっきょく忘れてしまった……」

「冷蔵庫にも……なかったわね。初め開けた時、まるで空っぽだったもの。ともかく、義信君、もう少し、私のことも考えてほしいわ。恋人の資格として、問題ありよ」

なにか冗談にしては、馬鹿に真面目そうなルリ子の調子に、義信はすっかり沈む。

爽やかなくらい、我関せずに、独り食事を進めていた秋江が、ちらりと、ルリ子の顔をにらむ。

それからまた、グラスのブドウ酒を一口すすると、ようやく口に入れた。

「皆さんのお仲間に入れさせていただく気はありませんけど、一言だけいわせてちょうだい。さっきからここの戸締まりがどうのこうのと、論議なさっているようですね。でも、どうして犯人はこの建物に出入りしなければいけなかったと、皆さんは考えていらっしゃるのかしら？」

冷徹に自分の話を押し進める勝浦も、いささか詰まった気持ちでいたのだろう。たずねかえす。

「そりゃあ、どういう意味だい？」

「犯人はこのビラの中の人だって、かまわないのじゃあないかということだけど」

「このビラの中の人というと……つまり君は……」

「あなたたちの誰かでも、いいということ。しかも殺されたかたは、その前に、もう一人のかたと、すごい喧嘩をなさっていた。私も、上のほうから、見学させていただきました。どうして、そのことを、誰も考えないのかしら？」

いつも自分の中にとじこもりがちの呉も、さすがに黙ってはいられなかったらしい。しかし、その口調は、あいかわらず重おもしく、おちついていた。

「つまり僕が犯人だとでも？」

勝浦が急ににやりとした。嘲笑するような口調で、口を開く。

「川口さん、あんたの意図は読めているつもりだ。そうして、おれたちの中に一石を投じて波紋を起こし、じょじょに片っ端から自滅させようというつもり。アメリカ映画などでいつか見たよ。悪人たちの行動に巻き込まれた人間が、よくやるのと、まったく同じ陽動作戦だ」

「ということは、少なくとも、自分たちは悪人と、お認めになるのね？」

「悪人は悪人でも、そんな映画の中の、薄手の犯罪者やギャングじゃあないことだけは、心得ておいてもらいたい」

「どこかは知らないけど、少なくとも最高学府に学ぶ大学生だからとでも、おっしゃりたいの？」

「ともかく、多少の頭はもっている。いいか、いくらあんたが、この中に犯人がいるといっても、あんたも良く知っているとおり、高森が刺された時は、おれたちはみんなここのテーブルについていたくらいは、理解しているのだ」

「刺された時とおっしゃったけど、刺されたのはいつか、正確なことはわかっていらっしゃるの？」

「彼がここに転がり込んで来る寸前だ。そして、その寸前という時には、みんながここにいた」

「刃物でも心臓を刺されたからといって、すぐに死ぬとは限らないんじゃないかしら。現にあの人……高森さんとおっしゃるの……あの人は、刺されて、現場からあそこのドアのこっちまで、なんとか生きて歩いてきたんでしょ？」

「それはそうだ。彼が刺された所は、二階の三つの部屋が並んでいる廊下の真ん中あたりかな。そこから床に血が落ちているのが見つかって、点てんとあそこの彼が倒れてた所まで続いていた。だが、義信君などにいわせると、ある一点から血が始まっていたからといって、必ずしもそこが現場だとは、いえないそうだ」

義信が遠慮がちに口を入れた。

「いつか読んだ、なにかのミステリーにあったんです。凶器の刃物の刺さりぐあいによっては、それが栓のようになって、出血を止めてしまうことがあるそうです。状況からいうと、呉さんが食事を知らせに行った時は、高森さんは一番奥の自分の部屋で確かに生きていたというのですから、やはりそこで刺されたのかも知れません。しかし、その時には出血はなくて、必死に部屋からよろけ出て……」

勝浦があとを引き取った。

「彼が死ぬ間際に『へやに』という言葉を二度いったことでも、なにかそうのようだ。そして現に、そこの部屋のドアは、大きく開いたままだった。彼はそこから胸のナイフを刺したまま、おれたちに助けを求めようと、よろけ出て、廊下の半ばまでさしかかった。その時、その動きで、出血止めの栓の役をしていた短剣がずれて、そこから血が出始めた。そうも考えられると、この義信君はいっている」

秋江は柔らかな調子でいう。

「でも、ともかく、そこの呉さんというかたは、一番最後に、生きている高森さんを見たという人なんでしょ。そして、その前にははげしい争いをしていた」

「馬鹿馬鹿しい、あの喧嘩は……」途中までいって、勝浦は急に口をつぐむと、反問してきた。「……じゃあ、あんたは呉が高森を呼びに行った時、実際には高森を刺し、なにくわぬ顔でここにおりて来て、テーブルについて食事を始めたというのかい？　それにしては時間がかかりすぎているぞ。呉がここにもどって来て、高森がここに倒れ込んで来るまでは、四、五分はたっている。君はすでにテーブルについて、おれとしゃべっていたのだから、そのことは良くしょうちのはずだ。そして、廊下からここまでの血の跡を見ても……そりゃあ、警察の鑑識課員じゃあないから、断定的なことはいえないが……しかし、高森が途中で苦悶して立ち止まったとか、倒れてしばらくもがいていて、また立ち上がり、歩き出したというように、ひどく時間をかけた跡はなかった。おれたちの助けを求めて、半ば無意識状態の内にも、一直線にこの下までおりて来たような感じの血の跡が、廊下の途中から始まっていた。彼が刺されてから、ここに転がり込んで来るまで、まずは二分とたっていなかったことは、ほぼ確かのようにおれには思われる。川口さん、あなたはかなり利口な人のようだが、へたな攪乱《かくらん》工作をするのは、やめてほしいものだね」

「勝浦さん！　この人、ただそうして、口で攪乱工作をしているというばかりじゃないかも！」ルリ子が、鋭く口を入れた。「……高森さんを殺したのも、この人かも知れないわ！もっと、直接的な攪乱工作をしたというわけよ！　そうよ！　それにちがいない！」いっているうちに、ルリ子は思いついたようだ。「……高森さんの胸を突き刺していた短剣、それがいい証拠よ！　あの短剣……高森さんの体を、ユーティリティーの部屋に収容するのを手伝った時、良く見たけど、あなたたちも見て、すぐわかったでしょ？　日本のじゃあなかったわね。木の柄で、それがかなり大きくて、細かな彫刻がしてあって、その図案がなにか……インドふうというのかな、そんな感じで、小さな鏡のような、スパンコールのような、そんなものがはめ込んであって……」

呉がぽつりといった。

「ミラー・ワークだ。インド独特の装飾芸術だ」

「そう、やっぱりインドの物ね！　そして、あなたのお父さんは人も知るインド骨董や、芸術作品のマニアックな収集家なのよ……」

呉はそういうことになると、すっかり夢中になる男らしい。話題からいささかずれていることもわからないように、急に雄弁にしゃべり出した。

「その収集も、ほんとうのところは、インドの芸術の一部の、コナーラクのスーリアとか、カジューラーホ神殿のミトゥナ像、エロチックな細密画《ミニアチュール》といったものばかりで、それを金力と強引な力で集めたというところだ。だが、そうしているうちには、ずいぶん高価で、芸術的や歴史的にも価値の高い物も、たくさん集まるようになっていた。インドの役所だか関税だかの役人を買収して、国外流出禁制のそういう品を手に入れたとか、どことかの銀行の頭取に、そういうインドのポルノチックにして、芸術的にも評価の高い、どこかの石窟の彫刻壁画をひそかに贈って、不正な金融の便宜をとりはからってもらったとか、スキャンダルの種にはこと欠かない。しかも、ふしぎなことに……というより、むしろ日本ではふしぎではなく、それがやりての政治家や実業家の価値づけでもあるように、そのスキャンダルでますます事業を発展させてきた」

勝浦が得意の規定を披露する。

「コレクションというのは、それが芸術や学問の形態をなさない時は、狂気といわれる。

実際のところ、川光もそうだ。だが、その中にいささかの芸術性、学問性があるものが混じり込んでいるために、どうやらそこから救われている……」

「思い出したぞ。確か二十日ばかり前から、都内のデパートで、秘蔵のコレクションを総ざらいで初公開するといった、展覧会を開き始めてるんだ。ところが、これが銘打って、インドの有名な性愛書の〝カーマスートラ〟をくっつけて、〝カーマスートラをめぐるインド秘宝展・川口光栄コレクション〟というのだから、笑わせる。しかし、それがきいているんだろう。会場は連日満員というんだ」

「川光は自分の狂気や好色まで、ちゃんと金にしている」

川口秋江はしゃんとしたようすを、その内側に秘めながらも、柔らかに美しい態度を崩さなかった。

これが、その今話題になっている、好色にして大俗物の金融業者の首領《ドン》の一人の娘とは、とうてい信じられない態度。

「だいぶ、私の父がくさされているようですが、父は父、私は私……」

「いいわよ！　そんな話！」ルリ子がいらだたしくおおいかぶせた。「……ともかく、川光はそういうふうに、いろいろのインドの品物にとりかこまれている人よ。だから、ここにも、そんなインドの品物がずいぶんあるはずよ」

勝浦が答えた。

「ああ、高森が入った部屋にも、なにかそういう小物が、テーブルの上に並べられているのを、おれは見ている」

「その中の一つでもあるらしい物が、ちゃんと使われて、高森さんが殺されたのよ。だから、犯人はそういう物のありかを良く知っている、そこの川口さん以外に、ありえないじゃないの!?」

ルリ子が突き刺すように、人差し指をまっすぐに伸ばして、秋江をさした。

だが秋江は微笑という、もっとも余裕に満ちた攻撃方法でそれにこたえる。

「確かにあそこには、そういう小物の民具、民芸品といった物があります。あるいは、そういう中に、あの刀もあったかも知れません。しかし、それだけで、犯人はここのことを良く知った者だというのは、飛躍でしょう。犯人が偶然、それを目に留めて使った。ただそれだけかも知れません」

「いや、待てよ!」勝浦は強い声を入れた。「……そういえば、川口さん、さっきあんたの部屋に入った時、見たんだが、あそこには、南北に走る廊下にまっすぐに出るドアもついていたはずだ。ちょうど階段をあがりきった所だ。あんたはずっと部屋にいたことになっているが、そこから出れば、誰にも見とがめられずに、現場のほうに行って、またもどって来られる……」

突然、横から義信が口を開いた。初めのわずかは、いつものようにおとなしやかに遠慮深いようすだったが、しだいに断固とした口調になって……。

「しかし川口さんは……僕が下から、勝浦さんに夕食ができていると声をかけて、ほんの十秒そこそこで部屋から出て来たはずです。そうです。勝浦さんもすぐそのあとに続いて、下におりて来たんですから、そのことは良く知っているはずです」

「ああ、まあな」

「それから、みんながそれぞれに現われて席につき、勝浦さんと川口さんと、なにか、やりとりが始まるまでは、三、四分の間があったはずです。そして、それから四、五分して、高森さんが転がり込んで来たとすると、少なくとも七分、まちがえば十分近くも前から、川口さんは、みんなの前に姿を現わしていたということになります」

「そうなるか……」

「でも、勝浦さんのつい今、考えたところによると、高森さんが刺されたのは、ここに転がり込んで来る前二分も出ていないことは、ほぼ確かだというんでしょ。だったら、川口さんが犯人であるはずはありません。それは、時間的には、呉さんが犯人でないよりも、もっと確かだともいえます」

勝浦がにやりとした。

「義信君、いやに彼女の肩を持つ感じじゃないか」

そういわれてみて、義信は当惑した。

ただそう考えられたから、それを口にしたにすぎない。

だが、川口秋江のおちつきの中から、時どきちらりと繰り出す鋭さに、彼がいらだたしい不安を抱いていたことも確かだ。あまりに突っ込みすぎることは、彼女自身の立場を危なくすることにしかならないのだ。

ひょっとしたら、そんな思いが、義信を発言に駆りたてたところもあるのかも知れない。

義信は内心、はっとそれに気づいた時、秋江がテーブルのむこうで、義信にむかって微笑みの花を咲かせた。

「三沢さん、私を弁護していただいて、どうもありがとう」

義信は恥かし《シャイ》気に、ちょっと視線を伏せた。

勝浦はにやりとする。

「まあ、いい。一応は、この場はそういうことにしておこう」

「そうはいかないわ！」ルリ子の声はおそろしく険悪になっていた。「……誰かが高森さんを殺したのは、まちがいない事実よ。それも、私たちのグループの一人に、ちゃんと目標があるようにして。だったら、やはりあなたが指摘したように、これは私たちの結束を突き崩そうとする試みとしか、考えられないじゃないの!?　だとしたら、そんなことをするのは、ただ一人……そこの人よ！」

ルリ子はまた、秋江にむかって、指のピストル銃口をつきつけた。そのようすは、もはや理屈を越えた、女の憎しみの噴出があった。

「いや、待て！　待てよ！」勝浦が割って入った。

「……おれたちは、今、あることのために、非常に緊張度《テンション》の高い特殊な状態にいる。それで、なんでも、それにことを結びつけて考えようと、しすぎているのかも知れない。こういうことも、考えられる。けっきょくは、これは突発的に起きた、事故的殺人……」

「なに、それは!?　事故的殺人なんて!?」

「ここに入って来た泥棒が、高森に見とがめられて、殺した。ただ、そういうことだって、ありうるかも知れないぞ……」

ルリ子がなにかいおうとするのを、勝浦は大声で押さえる。

「……仮定として、ここではどうして犯人がこのビラに出入りしたかは、一応、置いておく。ともかく、泥棒がどこかから侵入したとしよう。高森が泊まろうとした部屋には、美術品がいっぱいあった。どうやら、そこにあるのは、たいして金にはならない、模造品ばかりらしいが、泥棒はそんなことは知らない。評判の川光のコレクションがこんなビラにあると、なにかの偶然の機会から発見した気になった。もちろん、冬の間は、ここに来ないと思って、盗みに入った。そして、ばったりと、高森と顔を合わせる。びっくりした泥棒は、そばにあったインドの短剣を取り上げて、高森を刺す……」

「話はまるで逆もどり！　秀才のあなたが、どうしたのよ!?　それじゃあ、またどうしてその泥棒がここに入り、またどうして出て行ったかから、やりなおさなければいけないじゃないの!?　犯人はこの人よ！　この川口秋江っていう人よ！」

「少し、黙ってろ！　男は逆上すると動物的になるが、女はそれにもなれないから、ただ醜《みにく》いだけだ。じゃあ、いってやる。いいか、ルリ子、君はただ嫉妬《しっと》に狂って……」

「嫉妬!?　嫉妬というの!?　いったい、私が、なんのために、誰を!?」

「そいつは自分の胸に、よっく、きいてみるがいい。ともかく、君は、なんとしてでも、この人を犯人に仕立てあげたいようだが、あの高森の胸に刺さった短剣のようすを見たか？　おれは探偵小説なんていう、一文の金にもならない無駄なものは、義信君と違って、いっさい読まない。だが、それでも、あの刀は恐ろしく強い力で、心臓に突き刺されているることくらいはわかるつもりだ。刃の部分は、十センチ以上、埋没しているんじゃあないだろうか？　こいつはおれたち男でも、なかなかできることじゃなさそうだ。ましてや、女の彼女にはとても、不可能のようにしか思えない……」

「そう！　そうなの！　呉さん、聞いたでしょ！　この人までが、あの女に籠絡《ろうらく》されて、かばいだてを始めたのよ！　ねっ、そうでしょ!?　完全に、この人までが、そこの川口秋江の思う壺に、はまりこんでしまったのよ！　いくら、私たちの計画が成功して、お金が入ったって、その前にこの女に、私たちはばらばらにされて……」

「うるさいな!!」

ロダンの〝考える人〟の彫刻像のようなポーズをとって、いつも沈思しているのが呉。彼がうなり出すように出した声は、それだけにすごみがあった。

ルリ子は口をつぐむ。

勝浦は軽く目で、呉に一礼して、続ける。

「ともかく、おれにはあの短剣の刺しかたは、男でも、よほど力の強い者、あるいはそういうことに慣れているプロめいた者……そういう人間がやったような気がしてならない」

呉はいま一度、ルリ子の沈黙を確認するように、彼女の顔を見る。それから、事件に対する初めての意見を漏らし始めた。今までの思索の結果であるというように。

「こういうことは、ありえないだろうか。一つの可能性だが、高森は自殺だったということだ」

現実的な理論だてで、緻密に考えを進める勝浦だ。この呉の考えは思いもつかなかったことらしい。

一瞬、あっけにとられてから、ぽつりという。

「ああ、単なる可能性としてだけならばな」

「ともかく、それだったら、この一種の密室状態の中で、一人の男が凶器で死んだ。しかし中にいた残りの五人の人間は犯人ではないという事実も、簡単には解釈ができる」

「呉の美学的抽象思考というやつは、おれと違って、飛躍的で空想的で、それが時に非常に役立つ。だからこそ、君が今度の計画……」

うっかり川口秋江の前で、口を滑らしそうになったのを慌てるように、勝浦は一度言葉を中断し、それから、また続ける。

「……しかし、高森が自殺などとは、あまりに現実からかけ離れている。タッチの高森というくらい、彼はエッチな男だった。エッチということは、ともかく人生に対して、いつも低俗に生きる喜びを持っているということだ。そういう彼が、おれに追い立てられるようにして、あのポルノ部屋に喜んで出かけて行ったんだ。あの時には、そのエッチ度はかなり高まっていたはずだ。それが、いきなり自殺するとは……」

「ああ、わかっている。それに、今、君の指摘した、あの短剣の深さだが、確かに、自殺者にあんな勇気のいる刺しかたはできないともいえるが……」

突然、ブザーの音が、ホールの広い空間にこだました。上の廊下に置かれた電話機だった。

勝浦が背をしゃんと伸ばした。ほっとして嬉《うれ》しそうな表情。

「沢木さんだ！　いい時に、かけて来てくれた！」

2

勝浦はいっさんに階段にむかって走り出す。二段飛びに駆け上がって、電話機に飛びつく。

「もしもし！　はい、そうです……いや、それが、やっかいなことになって。いや、さっきの川光の娘のことじゃなく……たいへんなことが……」

だが、それから、自分の取り乱した大声にはっと気がついたよう。急に声を低めた。もう下にいる者には、まるで聞き取れないようになる。

とたんに、ルリ子が上にむかって、叫び出した。

「勝浦さん、沢木さんにいってよ！　私たちはここから出て、ほかの所で待つって！　こんな人殺しの女といっしょにいるのは、いやだって！」

手摺の上から、勝浦の険悪にこわばった顔が、瞬間、突き出た。

「うるさいっ！　静かにしてろ！」

だが、ルリ子はくじけない叫び声をあげ始めた。

「私はただこわがっているんじゃないのよ！　こんな女といたら、きっと私たちの計画はぶち壊されてしまうにきまっているから、いうのよ！　おねがい、ちょっと、私に沢木さんと話させて！」

走り出そうとするルリ子を、義信は手を伸ばして引きもどそうとした。だが、ヒステリー状態の、神秘な力が、彼女の体に籠もっていた。

前につんのめり、取り逃がしそうになった時、勝浦の顔がまた突き出た。受話器の口を押さえつけた手も、今度は出ている。

勝浦は怒鳴り声をふり落としてきた。

「呉、ルリ子を黙らせてくれ！　口を押さえて、キッチンにでも押し込め！」

勝浦は気の弱い恋人の義信よりも、さっきから思いがけないすごみを見せている呉のほうが、ルリ子を取り押さえるには、適任と判断したのか。

呉がクマのような体で、ルリ子を押し包んだ。一瞬、ルリ子の狂った力によろけるが、かえって、それで呉はほんとうのパワーを引き出されたようだ。

さし出した両腕の中に、ルリ子の体を万力のように、挟み込む。そして、遠慮のない力でまるめ潰すという感じ。

ルリ子の声が、呉の腕の中でくぐもる。

「呉さん！　そんな、乱暴よ！」

義信は恋人の受難に顔をこわばらせ、格闘のほうに踏み出そうとして、呉の目に宿る動物的な狂暴な目の光に、足を止めてしまった。

呉はルリ子の体をその腕の中に、形のない黒い塊《かたまり》にし、そのまま足をずらせて、キッチンのほうにむかう。

ルリ子は抵抗を放棄したようだ。

呉はすぐに足取りを早くすると、キッチンのスイング・ドアを突き開けて、むこうに姿を消した。

「三沢さん、これを飲んで、おちつきなさい」

呆然とその光景を見ていた義信は、かけられた声に、そのほうを見た。

秋江がブドウ酒のグラスを差し出していた。

「……それに、少しなにか食べたらいいわ。さっきから見ていると、あなただけが一番、なにも食べないみたいだし……」

義信は秋江がそんなにまで、自分のようすを観察していたことに、当惑する。

だが、すなおにそれにしたがって、テーブルに歩み寄り、グラスを取り上げた。

「あなたたちの企みが、どういうものなのか、だんだん見当はついてきたわ。でも、ねえ、どうしてあなたみたいな人が、こういう人たちの仲間に入っているというの？」

「僕みたいな人とは？」

「だから、さっきも話に出たとおり、あなたは三沢為義さんの息子さんなんでしょ？　どうして、そんな大金持ちのお坊っちゃんが、こんなことの仲間に加わっているの？」

「あなたは知りたがり屋すぎます。少し黙っていてください。さもないと、身のためになりません」

「あら、『身のためにならない』って、それ、すごんでいるせりふなの？」

歳上の、しかも、したたかにおちついた女の前では、義信など勝負にならない。狼狽に表情を乱し、視線をやや落す。

「注意しているんです」

「ありがとう。でも、知りたいわ。どうして、あなたのような人が、ああいう人たちの仲間に加わっているの？」

「みんな、僕の大学のいい上級生ですから……」

「そして、話や状況から見ると、ルリ子さんはあなたの好きな人？　それも、どうやら歳上の？」

義信は秋江の顔から、まったく視線をそらせていた。

「よけいなお世話です」

「でも大学の親しい人だからって、恋人だからって、たったそれだけのことで、どうして、こんな悪いことに、あなたまでが仲間入りしたのか……」

「どうして、悪いことだとわかるんです？」

「そりゃあ、あなたたちがやっているほんとうのことは、もちろん、良くは知らないわ。でも、少なくとも、こうして人のビラに侵入して来て、私をとじこめてしまったことだって、りっぱに、悪いことじゃない」

突然、上のほうから声がかかった。

「義信君、あまりその女とは話すな。かなり、口のうまい奴らしい」

電話が終わった勝浦が階段から、おりて来るところだった。

「今の沢木さんの連絡だと、明日いっぱいには、なんとかしたいといっている……」

いいながら近づいて来る勝浦の姿を、秋江はじっと見つめる。

「沢木さん、沢木さんって、あなたたちが、頭から服従している人は、いったいどういう人だというの？　あなたたちが、なにか神様扱いしているような人は、いったい誰だというの？」

「あんたの関係したことじゃない。ルリ子よりはヒステリックじゃないから始末はいいが、あんたはよけいな口出しをしすぎる」

テーブルに近づいた勝浦は、手を伸ばしてクラッカーをつまみあげる。口の中に投げ込む。

「今、話に聞けば、どうやらあなたたちは、同じ大学の人らしいけど……」

ブドウ酒をグラスに注ぎ始めていた勝浦が、鋭く視線をあげた。義信をとがめるように見る。だが、すぐにまた、目はグラスにもどる。

秋江のしゃべりは流れるように、ためらいがない。

「……そういうことなら、あなたたちのやってきたことは、政治的なテロとでもいうのかしら？　もし通俗平凡な銀行強盗あたりだとしても、それはよほど大きいものね。二人のお馬鹿さんが、テレビもラジオも壊してしまった時、あなたはいっそのこと、そういうものは見ない、聞かないほうが、かえっていらいらしなくていいといったわ。そういうところから考えると、ともかくそれは、そうとう世間を騒がすような、大きなことみたいね」

「いい推理だ」

「そして、例えばそれがテロのようなものだったら、あなたたちの沢木大ボスが、その成果をここにもたらすのを待っている。それがどういうものかは、私には、まったく見当がつかないけれど。でも、銀行強盗みたいなものだったら、はっきりしてるわ。奪った大金をここに持って来る。そして山分けをする。そういうところじゃないかしら？」

義信は秋江のよどみのないしゃべりに、不安を感じないわけにはいかなかった。私にこわいことはないと、いかにも金持ちの娘らしい、向うっ気の強さは爽快であった。しかし、それが〝身のためにはならない〟ことは、もう明らかなのだ。

その義信の言葉は、秋江は脅迫と受け取ったらしいが、彼としてはまったくそうではなかった。ただ心配しての、注意だったのだ。

勝浦はブドウ酒を注いだグラスを、軽く秋江のほうに差し出す。

「あんたの優雅にして、おちついた推理に乾杯。もし、前から知り合いだったら、女としては、ルリ子君よりもあんたを仲間に入れたかったくらいだ。だが、ここであんたがなにを推理したって、山分けにあずかることはないぜ」

「どうやら山分けということは、なにか大金がかかっている。ということは、やったのはやはり銀行強盗のようなこと？」

勝浦は深ぶかと胸で、溜息をつく。

「あんたはやはりしゃべりすぎる。そして、その上に知りたがりすぎる。義信君、彼女は、君がなかなかの弁護をしてくれたためだろう、君に対しては、悪い気持ちを持っていないようだ。彼女を部屋につれていって、しばらくの間、おもりをしてくれ。お嬢様、人殺しに、格闘入りの賑やかな晩餐《ばんさん》も、ぼつぼつここでオヒラキということにして、おひきとりいただきましょうか？」

床をするほどに長いスカートを軽くさばいて、秋江は椅子から立ち上がった。

3

「まだ、降ってますよ。窓枠の下にも降り込んで、積もっている」

小さな窓、鉄格子のむこうの夜を、カーテンの下端をめくって見た義信は、それからカーテンをもとにもどした。

「そう。あまり積もると、あなたたちの計画にもさしさわりが出てくるんじゃないの？　まあ、ここにすわったら？」秋江は天蓋《てんがい》付きのベッドや、そのまわりなどを見まわしてつけ加えた。「……あんまり、いい趣味のベッドまわりじゃあないけど……」

窓から身をまわし、義信は秋江のほうへと、部屋を横切る。

彫刻のほどこされた四本の柱からさがる、ベッドのカーテンは、綴織《つづれおり》まがいの厚いカーテン。

さっきと違って、それは大きく引き開けられ、ヘッドボードにはめこまれた大きな絵は、ボッティチェリの〝ビーナスの誕生〟の複製画。

横手の壁にも、金色の額縁入りのティツィアーノの〝音楽を楽しむビーナス〟、ベラスケスの〝ビーナスとキューピッド〟、クラナハの〝風景の中のビーナス〟と、まるでビーナスのパレードと、官能のにおいが濃厚に漂う。

しかし、金はかかっているが、すべては紛《まが》い物か複製。その上、部屋の内部建築様式は、イギリス、カントリーふうの重厚に素朴な雰囲気だから、なんとなくアンバランス。

義信はベッドの端にすわる秋江の、三メートルばかり手前で立ち止まった。

秋江とともに、ベッドにすわることは躊躇もあった。だが、それよりも絶対にこれは立ったままの断固とした態度で、言い渡しておきたいことがあったからだ。

「川口さん、これだけは、はっきりいっておきます」

秋江は義信の急にきつくなった顔を見上げて、当惑する。

「どうしたの、そんなこわい顔をして？」

「僕たちがなにをしたのか、またこれからなにをしようとしているのか、あんなふうにいろいろきいたり、また考えたりするのは、もうやめてください」

「でも……」秋江の微笑は柔らかい。「……きくのをやめることができても、考えるのをやめるのはむりじゃあないかしら……」

「自分にこわいものはないなんて、勝浦さんに僕たちのやっていることをあんなふうに問い詰めようとするなんて、危険きわまることなんです。僕はそんなことをしたら、あなたの『身のためにならない』と脅迫的に受け取れるようなことをいいました。しかし、それは表現が悪かったので、僕としては必死の注意のつもりだったんです」

「ええ、わかってるわ。でも、どうして、そんなに必死に注意なさるの？　あなたたちのやっていることを、知ろうとするのがそんなに悪いことなの？」

「悪いというより、今もいったように、危険なんです。つまり、あなたはそういうことを知りたいとすればするほど、また実際に知ったとなればなるほど、危険に追い込まれていくんです。あなたのような利口そうな人が、どうしてそんなことがわからないのか……。あなたはそのために、自分の命を危なくしていることに気づかないのですか？」

「自分の命を危なくしている？」

「そうです……」義信はちょっと言葉を切って、それからはっきりといった。「……そんなことを続けていたら、殺されるかも知れないということです」

「殺される!? 誰に!?」

「勝浦さんにです。あの人は拳銃を持っているのです。そして、今日の昼間、それで人を傷つけたか、殺したか……ともかく、そういうことさえしているのです」

秋江の目が大きく見張られた。

「また、どうして……」

義信は唇を噛んだ顔をちょっとうつむけてから、大決心をしたようにあげた。

「じゃあ、思いきって、話します。そうすれば、あなたももうこれからは、僕たちのやっていることをきくことはないと思うからです。そう約束してくれますね？ なるべく、考えることも、やめてください。態度に出ることも、おもしろくないからです」

「ええ、約束するわ。考えるのをやめるとか、そのようすを見せないとか……そんなことは、こんな目にあってるんですもの、むずかしいかも知れないけど。ええ、でも、できるだけ、努力はする」

「僕たちは銀行強盗をやったんです」

義信は宣言するようにいった。

「やっぱりね……」

「襲ったのは城西銀行の八王子支店です。だが、その詳しいことは話す必要もないでしょうし、また僕も良くは知りません」

「僕も知らないって……それ、どういうこと？」

「僕は逃走と以後の潜伏の係で、事件の現場には行っていないからです。僕はＢＭＷ《ベンベ》７４５という、いささかカッコイイといえる車を、持ってるんです」

「まあ、すごいものを！　どういう車か、知ってるわ」

「それで、沢木さんが僕に、そういう役を割りふったのですが……」

「また、沢木さん！　いったい、どういうカリスマ的支配力を持っている人だというの？」

「大学院にいて、建築のほうを専攻している人で、校内一の秀才だと評判の高い人です。頭がいいというばかりでなく、人に尊敬され、統率力があって……」

「もう、それはいいわよ、きっとすごい人なんでしょ。じゃあ、その人が、そもそもの銀行強盗の計画を立てたというわけね？」

「いや、立案のきっかけは、呉さんあたりらしいです」

「まあ！　見た感じは、山奥育ちのクマみたいな人で、生まれた時から、陰鬱という重い塊を、頭の中に抱えているようなのに……」

「あれは、呉さんが思索の人であることからくるんです。勝浦さんが才能を外に出す人なら、呉さんは内に籠もらせる人といったらいいのか……。そして、時に、その思索を成熟させて、とてつもない独創的なことを考えつくんです。今度のことも、そういう呉さんのアイデアから、始まったらしいんです」

「らしいというと、あなたは最初から、その計画には加わっていなかったと？」

「ええ、ほかの者は、学校の公認団体クラブの一つの〝株式実行研究会〟のメンバーなんです」

「まあ、ずいぶん実利的なクラブもあるのね」

「会長は法学部の教授かなにかで、学生部長は経済学部の勝浦さん、しかし、去年まで部長だった沢木さんも、その集まりには良く顔を出すらしいんです」

「『らしいんです』というと、あなたはそのクラブには入っていないと？」

「ええ、僕だけが、そこのクラブ員ではありません。僕はやはりそこのクラブ員であるルリ子さんを通じて、みんなと知り合ったんですが……」

「まあ、あのお嬢さんも、そういう株などということに、興味を持っている、見かけによらない実利的な人なの？」

「生活に対して、現実的なしっかりした考えを持っているのです」

秋江はなにかいおうとして、いったんやめ、それからまた口を開いた。

「なにか、話を聞いているると、ここにいるみんなが、あなたより上級生みたいだけど？」

「ええ、僕だけが一年生で、あとはみんな上級生です。そのみんなが、正式のクラブの集まりではなく、部室だか喫茶店だかにたむろして、なにかダベッてでもいる時、呉さんがその頭の中で醱酵させた銀行強盗のアイデアを、持ち出したのが始まりのようです。もちろん初めは冗談のようなものだったにちがいありません。でも、それが、だんだん本物になっていったらしいんです。だから、こいつは、サラ金苦のぐうたら男たちが、生活や事業に追い詰められてというような、そんなケチで、衝動的な話じゃないんです」

「でも、銀行強盗は銀行強盗よ」

義信はちょっと自尊心でも傷つけられたような、むっとした表情。だが、話し続ける。

「だから慎重に調査に調査を重ね、その銀行に年に一度か、二度しかないという、ドカンと現金の入るタイミングを狙うとか、銀行内部の配置や人の動きを良くつかむ、非常警報のあり場所、その方法を調べるとか、調査に調査を重ねました。そして、このほうは現実的に注意深く、また緻密な行動性のある勝浦さんがおもに受け持ちました。そして、そこに、ちょっと普通の人には考えられないような、呉さんの考えた独創的な手段を張りめぐらせたのです」

「その、独創的な手段というと？」

「いろいろあるんですが、僕の知っているのは、例えば奪った金は、その場からは持ち去らないというようなことです」

「でも、持ち去らなければ、金を奪ったことにはならないけど……」

義信はにやりとする。

「犯行の前にルリ子さんがただの客のふりをして、行内の廊下にあらかじめ入っているんです。そして、勝浦さんたちは金を持って逃げ出すふりをして、実はルリ子さんにそれをすばやく渡してしまうのです。銀行強盗のむずかしいことの一つに、金を持っての逃走ということがあります。僕たちの狙った金は、かなり多額のものです。そんなものを持って逃走中に、途中で検問にあったら、一発でアウトです」

「そうか。それだと、お金はまるで持ってないのだから、警察だって疑う根拠がない……」

「だが、実際には灯台下《もと》暗しで、奪った金はその灯台下に隠されているのです。ルリ子さんは犯行当時、行内にいて目撃者の客としてその場に残り、金を誰も考えつかないような行内の、予定した意外な所に隠してしまう。そして目撃者として、警察の尋問などにも答える。このとき、もし機会があったら、犯人のことについても、ミスディレクションに導くようなことをほのめかしたりする……。ともかく、銀行強盗といっても、これまでの類型を破った、ちょっと誰も気がつかない斬新《ざんしん》な工夫ばかりが盛り込まれた、犯罪というより……」

「最高学府のインテリ学徒が、最高の知恵を集めて実行した偉大な事業。実際のところ、金それ自体が目的でない。そう、おっしゃりたいの？」

いいたいことを先まわりされて、ちょっと義信はしぼむ。そういうところに、たあいないお坊っちゃん気質を隠しきれない。

「まあ……」

「すると、その行内に隠された金は、その後、少し事件のほとぼりがさめた頃、沢木さんあたりが行って、ゆっくり取り出し、なにも疑われずに持ち出すというわけ？」

「そうです。しかし、僕は詳しいことは知りません。一人一人が厳正に自分の役割をはたして、がっちり計画成功を構成する。それが根本方針の一つなのです。だから、僕は別の車で逃走して来る勝浦さん、呉さん、高森さんたちを待っていて、それを僕のＢＭＷで拾い上げる。それからルリ子さんもその後から乗せて、僕が捜したこのビラにつれて来るという役割を、完全にはたせば良かったのです」

「『僕が捜したこのビラ』っていうと、ここはあなたが選んだと？」

「ええ。沢木さんが銀行内からの金を、持ち出して運んで来て分配する……その間までの、僕たちの隠れ場所がほしい。万が一にでも、僕たち五人の誰かが、当局にアシをつかまれても、警察の捜査でいえば土地カンというやつを、誰一人持っていない所で、しかも人里離れた所に隠れるなら、捜査の連中も、そこまで突き止めることはできない。そういう考えで、地図を持ち出して来て、あれこれ検討し始めました」

「その頃から、あなたも、ルリ子さんに誘われて、計画の立案にも参加し始めたというわけね？」

「そうです。しゃべっていると、そこは三人までが遊びに行った所だとか、軽井沢などはいいが僕の別荘があると、なかなか決まりませんでした。だが、そのうち、ふしぎにも、今、若いギャルなどに人気のこの清里だけが、誰一人行っていないとわかったのです」

「じゃあ、あなたがこのビラを選んだのは、ここに捜しに来て、偶然に見つけたものだと？」

「そうです。それで僕はこの清里に車で来て、清泉寮《せいせん》方面から清里の森、萌木《もえぎ》の村、下念《しもねん》場《ば》とさがしまわり、この東念場のここを見つけたんです。調べてみると、このビラは川光さんのもので、そこの人は、夏場以外は来ないとわかったので、僕はここにすることを決めて、それを沢木さんに報告しました……」

「すると、あなたは一つはＢＭＷ７４５という車を持っていたこと、そしていま一つは恋人の瀬戸ルリ子さんが株式なんとかのクラブ員で、初めから計画の仲間に加わっていたことの二つの理由から、仲間に加わったと?」

　義信は微笑した。

「それから、僕の料理の腕も買われたらしいんです。ともかく人里離れた真冬のビラで、三日か四日は、誰にも会わず閉じ籠もっていなければならない。うまい料理でもなければ、だんだん気持ちがおかしくなってくるのではないかという考えで」

「いったい、あなたはどこで、そんな料理の腕をみがいたの?」

「別にどことというのではありません。いろいろの本を読んだり、父にうまいレストランによくつれて行ってもらったりして、いたずらに始めたことからです。それを父に食べさせると、うまいうまいと、たいへん喜んでくれたこともあります。僕は母を十歳の時に亡くしているのです」

「まあ、それはお気の毒に……。じゃあ、それ以後、お父さんは再婚はされなかった?」

「ええ」

「じゃ、お父さんはあなたをきっと、たいへんなかわいがりようなのね。それで、あなたは、ますますお坊っちゃんぽくて、すなおそうな……」

「けっきょくは成長不良。大学生になっても、いっこうに大人らしさが出てこないというところでしょうが……」

「あなたの仲間たちは、お互いに姓を呼び捨てにして、話し合っているのに、あなたと瀬戸さんだけがなにか名で呼ばれているのも、あなたはそういうお坊っちゃんの感じから。それから瀬戸さんは……」

「女性で、しかも、みんなにたいへん人気のあるせいでしょう」

「それだけかしら」

「えっ、それだけとは……」

義信は当惑しながらたずねかえす。

「だって、変なことだけど……いいえ、なんでもないわ」

秋江は途中で言葉を中断した。

義信はそれを深追いはしなかった。心はすでに別のことにあるように、急に直線的な強い声で、しゃべり出す。

「ともかく、これだけ聞けば、もう、あなたにだってわかってもらえると思います。あなたが事件の真相を知れば知るほど、あなたは僕たちにとって、じゃまな存在になるのです。いや、『じゃまな存在』なんて、婉曲《えんきょく》な言葉づかいはやめます。あなたに生きていてもらいたくなくなるのです」

「そして、あの勝浦さんは拳銃を持っている。それで、人まで殺しているとおっしゃりたいのね？」

「あるいは傷つけただけかも知れませんが……。まったく予期していない、突発的な事故のようなものだったそうです。銀行内でそれを突きつけておどしている時、行員の一人がむこう見ずな動きをしたので、おどそうとして狙いをはずして撃った。それが、まちがってあたったとか……。勝浦さんは本来はそんな人殺しをするような人ではなく、いつも冷静なのですが……」

「でも、いったん、そういう人殺しをやってしまったら、あとはもう次の殺人をやるのはこわくないという、ヤケ気味の心理になっているかもというのね？」

「いや、そんなヤケでなく、冷静に考えても、あなたの存在は望ましくないのです。あなたは僕たちがここに逃げ込んで来たことを知っている、そしてそれがどういう人間だかももうずいぶん知ってしまった……」

「じゃあ、私があなたたちのやったことを詳しく知っていようと、知るまいと、もうそれだけで、私はじゃまな存在になっているのじゃない。けっきょくは殺されなければならないということになるわ」

義信はいつの間にかおちいっていた自家撞着《どうちゃく》に、混乱の表情で沈黙した。

だが、秋江はそんなことには、あまりこだわっていない。さらりとしたようす。声の調子を少し落していった。

「でも、三沢さん、あなたはどうして、こうまで私にすべてをぶちまけてお話しになったの？　どうして、そんなにまでして、私のことを心配なさるの？」

義信はあっという顔になった。沈黙して、自分の胸の中を覗き込むようす。

「それは……」義信は覗き見た、自分の心理のもつれをほぐし始める。「ひょっとしたら……あのクリスマス・カードあたりのことからかも知れません……」

「クリスマス・カード？」

「幼い頃、僕がヨーちゃんと呼んでいた、とても好きだった陽子という叔母がいました。母の妹です。若くて、きれいで、当時、二十少しすぎといったところだったでしょうか……。その叔母がある年、僕にクリスマス・カードをくれたのです。その絵は雪の夜に、子供たちの聖歌隊でしょうか……彼等がこちらに背をむけているものでした。そして、そのむこう遠くに、雪を屋根や庇に積もらせた洋館が描かれていました。その洋館がこの建物にそっくりだったのです」

「このビラに？」

「そうです。僕は沢木さんの頼みで、この清里に来て、このビラこそ隠れ家として適当だと思って、選んだといいましたね。だが、今日、この建物をまたあらためて見て、そのクリスマス・カードをはっと思い出した時、気づきました。僕がここを選んだのは、なにも隠れ家としていいという理由ばかりではない。この建物が好きだったからだ。そして、それはあの叔母のくれたクリスマス・カードの記憶に、つながるかららしいと」

「つまりは、あなたはその叔母さんが好きだったということね」

「そうだと思います。ですから、そういう印象を頭に残して、ここに入って来て、そこでまた、そのヨーちゃんに良く似たあなたを、この部屋で見つけた時は、ほんとうに僕はびっくりしました。ほんの数秒は、叔母さんがほんとうにいるのではないかとさえ思いました……」

「ええっ、じゃあ、私がその叔母さんに似ていると!?」

秋江は目を見張る。そして、義信は明快に答える。

「そうです。しかし、もちろん、話はもう十二、三年前のことですから、そんなに叔母が今もって、あなたのように、若い美しさであるはずはないので、もちろん僕はすぐに他人だと理解しましたが……」

秋江がそんなに狼狽の表情を見せたのは、その時が初めてだったかも知れない。言葉つきも乱れる。

「その……その……叔母さんは……今、どうなさっているの？」

「行方不明といったらいいのか……。ともかく、父や親戚の誰も、良く消息を知らないようです」

「それはどういうことなの？」

「つまりは駆け落ちとでもいうのでしょうか……。恋人といっしょに、どこかに行ってしまったようです。ヨーちゃんはその前は、僕の家にいて、東京の大学に通っていました。ちょうどそんな時……さっきもいったように、僕の母は死にました」

「そういう事情だったの……」

「だからその後、僕は、もし誰かが次のお母さんになるなら、ヨーちゃんがいいなどと、ひそかに思っていないでもなかったのです。あるいは、事実、そういう雰囲気があったのかも知れません。しかし、それから一年ばかり後でしょうか、ヨーちゃんはそういうことになって、僕の前から消えて行ってしまったのです。ヨーちゃんは大学ももうすぐ卒業というのに、なにもかも放り出して、見るからにやくざな男とああいうことになるなんて、あんな女とは知らなかったと、父はたいへん怒っていました。また、ここにいれば、ずいぶん幸せになったのにともいっていました。それが、なにかすべてを物語っているような気がします。あのクリスマス・カードが来たのは、そのヨーちゃんが姿を消した、その年のことだと思います。しかし、それにはアドレスはまるで書いてありませんでした」

「お父様が再婚なさらなかったというのも、やっぱりそのへんに、なにかの気持ちがあったかも知れないわね」

秋江が思いに沈んだようすは、義信のものより深い感じ。だが、それから彼女は、その中から浮かび上がった。

「……わかったわ。その叔母さんへの思い出に免じて、あなたは私に気をつかってくれるというわけね。ありがとう」

「いや、思い出に免じてとか、そういう気持ちではなく……」

だが秋江はおおいかぶせる。

「良くわかったわ。あなたのいうとおり、これからは、もうよけいな言葉はつつしむし、あなたたちを詮索するような態度をとることもやめるわ。でも、そうだとしても……」

突然、暗黒が二人を包んだ。

一瞬、あっけにとられ、それからまったくの暗黒に、窒息感をおぼえながら、義信はいった。

「停電？　この部屋だけなのか……」

とたんに、外の廊下で声があがった。勝浦のものだった。

「どうした!? 停電か!? おいっ、誰か!」

その声はこれまでになく、慌てふためいたもの。

だが、それで、停電はこの部屋ばかりでなく、建物全体であるらしいことがわかった。

「このへん一帯の地区が、停電なのか……」

暗闇の中での義信のつぶやきを、秋江の声がおおいかぶせた。

「いいえ、おそらくこの建物だけでしょう」

「おいっ、どうした!? 明りを!」

勝浦の慌てた声が、また廊下からあがる。

秋江がそのドレッシーな服の衣《きぬ》ずれの音を微かに暗闇の中でそよがせて立ち上がるのを、義信は聞く。

「確か部屋のどこかに、懐中電灯があったはずだけど……」

暗黒の中を秋江がゆっくりと動いて行く気配が感じ取れる。

「おい、明り! 明り! 懐中電灯かなにか!」

義信は廊下にむかって叫んだ。

「今、川口さんが懐中電灯をさがしています!」

秋江の声が、暗闇の中を、どうやらデスクのほうに動きながらいった。

「キッチンのブレーカーが落ちたんじゃないかしら。どういうまちがいか、建築当時から契約アンペアが低かったので、ちょっとよけいに電力を使うと、すぐブレーカーが切れるの」

義信はそれをまた、廊下の勝浦に伝達した。

「勝浦さん、キッチンのブレーカーが落ちたんじゃないかと！」

勝浦が下にむかって、どなる声が聞こえた。

「呉！　ルリ子！　キッチンかホールにいるんだろ!?　ブレーカー！　ブレーカーだ！　そいつをもどせ！」

秋江はデスクに到達したのか、引出しを開けるような音が聞こえ始めた。

「呉！　ブレーカーだ！　おまえたちがいるキッチンのブレーカーだ！」

勝浦がどなり続ける。

ポッと、暗闇の中に橙《だいだい》色の光が、心を暖めるように部屋の中にともった。デスクのそばにいる秋江の姿が、ほのかに浮かび上がる。すぐにこちらに近づいてくる。

「私がすぐキッチンに行きますからと、伝えてください」

懐中電灯の光が、義信の姿を掃き、出口のドアのほうに移動する。

「川口さんが今、懐中電灯を見つけて、すぐキッチンに行くそうです！」

義信は中継連絡をすると、秋江の姿に歩み寄った。わずかに後ろにも反映する電灯の光の中に、彼女の姿がおぼろげに見えたのだ。

廊下に出ると、勝浦がまだ下にむかって、必死にどなっていた。

「どこにあるかわからない!?　さがせ！　ともかく、手探りでさがせ！」

秋江といっしょに、勝浦の後ろを通り過ぎながら、義信はもう一度いう。

「川口さんが、今、ブレーカーの所に、行くそうです」

「おいっ、そっちに川口さんが行くそうだ！　みんな、ぶじか!?　ちゃんといるのか!?」

義信たちが階段をおりる間にも、勝浦はまた同じ言葉で呼びかける。

下から、呉の声が答えて来た。

「いますよ！」

「ルリ子もか!?」

「ええ、たぶん、おれのそばに……」

ホールを横切り、スイング・ドアを押し開いた秋江の懐中電灯の光が、呆然とたたずんでいた人の姿を照らし出した。

呉がシンクの前にいた。

しかし、ルリ子の姿はない……と思えた時、移動した懐中電灯の光の輪は、部屋の片隅で、まるで方向を失ったように呆然とたたずんでいるルリ子の姿を照らし出した。

秋江はそこにむかって、小走りする。

ついさっきの状況が状況だった。義信は秋江がルリ子になにかするのではないかと、瞬間、どきりとした。

しかし、秋江はルリ子の姿とこすりあわんばかりの横手を通って、壁が直角を作る角に行くと……。頭の上に、やや背伸びをして、手を伸ばした。

そこにブレーカーがあったのだ。カチリと微かな音がして、まばゆい明りが部屋に溢れる。

とたんに、部屋の反対側で、ゴーンという低く鈍い音が起こった。衣類乾燥機《ドライヤー》のモータの回転音だった。

秋江がそこに飛んで行く。その機械のスイッチを切る。

「原因はこれよ。ひどく電気を食うの。でも、どうして、こんなものを動かしたのか……」機械の窓から中を覗き込んだ秋江は当惑の声。「……なにか、靴下とハンカチくらいなのに……」

ルリ子がふくれた声で答えた。

「私よ。さっき、車に荷物を取りに行った時、雪の中に足を突っ込んで濡らしたのよ。馬鹿馬鹿しかったけど、そんなことでもしていなきゃ、むしゃくしゃするし……」

あらあらしい足音をたてて、ホールからキッチンへと、勝浦の姿が飛び込んできた。

「だいじょうぶか!?　みんな、ぶじか!?」

勝浦の狼狽に、いささか皆も当惑ぎみ。ルリ子がきく。

「勝浦さん、どうして、そんなに慌てているの？」

「あたりまえじゃないか！　ついさっき、高森が殺されたばかりなんだぞ！　暗闇の中で、また、なにが起こるかわかったものじゃない！」

呉が重たい声でいった。

「つまり、勝浦はまた、殺人でも起こると思ったのか？」

だが、勝浦はそれには答えず、鋭く義信を見た。

「……義信君、確かに川口さんは君といっしょに、あの部屋にいたのか!?」

「ええ、確かにいて、話しているとちゅうで、不意に消えて……」

勝浦の視線が自分に移動するかしないうちに、呉が答えた。

「おれもルリ子さんといっしょに、確かにここにいたぜ。なにか君はブレーカーのスイッチもわざと切られたと……そういうようなことを考えているようだが、今、川口さんがいっていた。そこの乾燥機を使ったことで、過剰な電力が流れたらしいとね。確かにあいつにはそうとう強力なヒーターが入っているはずだ」

　秋江が涼しい声をはさんだ。

「なにか、リーダーの勝浦さんまでが、枯れ尾花を幽霊に見るようになったみたいですね」

第三章　こわくなかった理由

1

突然、降り落ちて来た陽射しに、フロント・グラスの上のほうを見る。雪雲に大きく穴があいて、そこに太陽があった。

道の両側に拡がる雪面が陽を照り返し、とつじょとして、まばゆくなる。

義信はＢＭＷ《ベンベ》のハンドルをあやつりながら、何度かくしゃみをした。

スーパーを出て、清里の駅前から南にむかってだらだらと下る道の上は、きのうの残雪に、車の轍《わだち》の跡も明らか。

しかし、国道一四一号線、佐久甲州街道に出ると、さすがに交通量が多いのだ。道の真ん中あたり広くが、もう雪はなく、舗装道も濡れて黒ぐろと光るだけになっている。

道の左手は、喫茶店、レストラン、そして特に目につくオルゴール博物館のホール・オブ・ホールズなどの建物が、異国にでも迷い出したような風景を作っている。

といっても、いささか薄手の模倣《もほう》の印象をまぬがれないが、今日は雪をかぶって、ぐっと本物めいた感じ。

自ら隠れ場所を求めて、川光のビラに隠れたというものの、とじこめられていた……おまけに殺人付きという、おぞましい気分はどうしようにもなかった。

それだけに、解放された気分に、陽の輝きの透明も、雪の白も、そして少し開けた窓の上部から流れ込む空気の冷たさも、新鮮に心楽しい。

このまま東京に帰ってしまいたい誘惑に、義信は襲われた。

それでも、どうということはないように思われる。自分があの仲間の中から脱落したところで、計画はだめになることは、ありえないように思える。

いや、一人でも仲間が少なくなれば、沢木がやがてもたらすはずの大金の分け前も多くなろうというものだ。そして恵まれた家庭の義信にとって、金などは問題ではないのだから……。

彼にとって、なによりも重要な問題は、たとえ友人たちが銀行強盗であろうと、仲間として扱われることが、たいせつなことだった。

今まであまりにも独りでいすぎたのだ。それがようやく大勢の仲間に入れたのだ。それを自ら捨てさるのは、とてもできないことだった。

しかも、そうすることで、裏切り者となるなら、話は前よりももっと悪い、独りぼっちの存在になるのである。

それに、あそこには恋人のルリ子もいる。

それから……あの川口秋江という鋭そうな頭で、勝気で、しかもなにかどこかふしぎな包容力のある、気になる女もいる……。

それを、今、このまま捨て去っていくわけにはいかない……。

少しの間、道の両側に建物らしいものはまばらになってから、ちょっとした町並が現われる。そこの公民館から、また国道から別れて左の道に入る。

すぐに町並は終わる。また、道の真ん中まで積雪が残る中に、やや速度を落として入り込む。

周囲にはただひたすらに、純白の絨毯《じゅうたん》を敷いた高原が拡がり始める。

所どころ、小さな木立、または、いささかの林に、寄り添うようにして、ペンション、プチ・ホテルが点在し始める。ここもまた、雪の分厚いベールにカバーされて、なかなかの異国風景。

しかし、清里に腐るほどあるといっていいほどの、そういう施設の建物も、しだいに影をひそめて、あとはもう野原という感じになった頃、むこうに白く、広く、雪の帽子を連ねる森が見えて来た。

また、道を一つそれて、その森にむかうと、車の轍の跡はただ一つとなる。だが、それは、さっき義信が出て来た時につけたもの。

義信は車の速度をいっそうゆるめる。タイアの下に雪の音をきしらせて、森の中に入る。大きな灌木の群がりが、ただもう白い塊を作る陰に入る。むこうに厚く並ぶ木の幹越しに、ちらりとビラの建物が見える所だ。

義信はそこに車を停めた。

片手にかなりの品物を詰め込んだビニール・バッグ。そこからは、花束の頭が覗いている。そして、いま一方の手には、コーラの特大壜の入ったコラプシブル・ボックス。義信はそれらをさげて車から出て来た。

雪に滑ったり、めり込んだりする足元を確かめ、確かめ、建物のほうにむかって歩き始める。

昼間に見るそのイギリス・カントリーふうの建物は、きのうとまったく違った印象。

ルイス・キャロルの〝不思議の国のアリス〟の、原書の挿絵の中にも、良く似た建物があったのを思い出す。

清里に氾濫するほかのものと違って、材料にも、建築法にも、またデザインにも、ごまかしがないから、重厚にメルヘンふう。

だが、きのういわれて気がついたのだが、確かに窓が少ない。そして小さい。しかも、ほんとうにすべてに格子がついている。

それが確かに建物を陰鬱にしていないでもないが、見る目によっては、重厚にしているといえないこともない。

しかしこの雪のあとの午前のまばゆい太陽の下、しかも明るい白雪の装飾をつけていれば、やはりシンプルに華麗。きのう呉がいったような、悪魔が屋根を翔ぶなどという感じは、一掃されている。

やはり天使が……しかもその翼から金粉を、きらきらと撒《ま》き散らす天使が翔んでいるという感じ。

だが、そこできのうの夜、殺人があったのは、厳然たる事実なのだ。そしてその死体が、建物の片隅の一室に、今、その処置を保留されながら、横たわっていることも事実。

やはり考え深い呉の感じることのほうが、正しいのか……。

義信は重たい荷物と、滑る足元に、時どき、立ち止まり、複雑な気持ちで、ビラの建物に近づく。

時間はもう十時半頃。暖められた雪が溶けて、庇から銀色の筋や、粒になって垂れ落ち始めている。

ポーチにあと二十メートルという所に近づいた時だ。

いきなり、そこのドアが突き開けられた。飛び出して来たのは勝浦由起夫。

「義信！」彼は呼び捨てにして叫んだ。そして雪の中に飛びおりながらどなり続ける。

「……いったい、どこに行っていたっ!?　どういうつもりなんだ!?」

どのみち、勝浦にもんくを食うことは覚悟の上で、車で外に出たのだ。

だが、それにしても、あのクールで平静な勝浦にもない、ひきつった顔。きのうの停電の時でも、それほどにはげしい表情ではなかった。

「すみません。コーラを……ルリ子さんが、あまりコーラをほしがるので……」義信は片手にさげたコーラの壜に目を落とす。「……これだけは、つごうしたいと思って」

「困るじゃあないか！　君はおれたちの計画を、台無しにする気なのか!?」

ドア口にルリ子の姿も出て来ていた。

そして、秋江の姿もその後ろにある。きのうのイブニング姿から、今日はスラックスにブラウス。そういう軽快な服装になると、彼女がすらりとした、みごとな均整の体とわかる。

「すみません。怒られるとはわかっていたんですが、ルリ子さんも、これがあれば少しはおちつくかと思って……」

「冗談じゃあない！　いくらルリ子君に惚れてるからって、おれたちの固い約束を破ってまで、そんなことをされちゃあ、元も子もなくなってしまう！」

二度ばかり雪に足をとられ、あやうく転倒しそうになりながら、勝浦は義信の前にたどりつく。いきなりコーラのボックスをひったくる。だが、それでボックスが壊れて、三本ばかりが雪の中に、ずぶりと埋り込んだ。

ルリ子も叫ぶ。

「義信君、そうよ！　行き過ぎよ！　いくら、私がコーラ中毒だからって、勝手に飛び出したりするなんて！」

これは義信にも、思いがけない人物からの発言だった。

かがみこみ、コーラの壜を拾い上げようとして、頭をあげた義信の顔つきはみじめだった。

「義信君、ルリ子君だって、ああ、いっているんだぞ！　今は計画の完全成功が、なによりも優先するんだ」

「ねえー」ルリ子がヒステリックに叫ぶ。「……早く、中に入って！　そんな所で、目立ちたいの!?」

「そうだ！　さあ、早く！」

勝浦は残った一本の壜を拾いながら、いま一つの手で、義信の腕をつかんで引っ張った。

ようやく彼の語調も、少しダウンする。

「さすがにおれもくたびれていた。椅子の上で目をさましたのが、十一時少し前か。下のキッチンに水を飲みに行こうと、ホールにおりると、玄関のドアのロックのつまみが二つともはずれているじゃあないか！　びっくりして、ドアを開けると、新雪の上に足跡が一筋だけついている。慌てて足跡をたどって行くと、ＢＭＷがない。そのうち、みんなが君がいなくなっているという……」勝浦はルリ子と秋江の前を通って、義信を中に引っ張り込んだ。「……しかし、いったい、どこまで行ったんだ？」

「駅前の通りです。そこに一軒、スーパーマーケットがあるのを、おぼえていたんで……」

「そういうことじゃあ、そうとうの連中に見られたんだろう？」

「いや、その点は、じゅうぶん気をつけていたつもりです。こんな季節の、こんな雪の日です。通りもガランとして、まるで清潔な雪のゴーストタウンといった感じでしたから。

店の前に車を停めても、また中に入っても、だれともはっきり顔を見合わせたりはしませんでした。そうだったのは、思い出すところでは、レジの女の子くらいで」

「しかし、こうなると、君のＢＭＷは人目につきやすい。あいつを使うことにした意味が、こうなると裏目に出た感じもする。それに、君、ここに入って来る道に、タイアの跡を残したことは確かだ。つまり君は人のいないはずのこのビラに、つい最近、車が往復したということ、歴然とした証拠を残したことになるのだ」

「すみません。そのことまでは考えつかなくて……」

勝浦はそこで、はっと気づいたようすになる。

「そうだ、君、車にラジオがあるはずだが、なにかニュースを聞かなかったか？」

「そう思って、スイッチを入れてみたのですが、ともかく、三十分少しの間だったので、あいにくニュースは一度もやりませんでした」

「スーパーで、新聞などは見なかったのか？」

「ああ、気がつかなかった。買ってくれれば、よかったですね」

勝浦は呉の姿が横に立つ、長い食卓の上に歩み寄ると、コーラの壜をそこに置いた。義信も残った壜やビニール・バッグを、その横に並べる。

勝浦は義信に、いきおいよく手を差し伸ばした。

「おい、車のキー。そいつはおれがあずかっておく。また、同じようなことをやられちゃあ、たまらない」

義信はポケットから、取り出して渡す。

「いいか、義信君、今後いかなる理由があろうとも、外に出ることは厳禁だ。せっかくここまで漕ぎつけた……」勝浦は一度、言葉を切って息をつぐ。「……貴重な犠牲者まで出して、ここまで漕ぎつけた以上、なんとしてでも計画は成功させなければならないんだ。とはいえ、起こったことは起こったこと。なにか悪い種をまいていないことを、ひたすら祈るほかはないが……」勝浦はルリ子のほうを見た。

「……ともかく、ルリ子君、君の騎士道精神あふれる恋人の奉仕に、とりあえずは感謝して、このコーラをちょうだいしたまえ」

義信はビニール・バッグを指さした。

「ルリ子さん、その中にある花束、高森さんの遺体にあとから、供えたいのだが……」

だが、ルリ子は無言。ふきげんなようすで、コーラの壜に手を伸ばした時、電話のブザーの音が響き始めた。

「きたな！　沢木さんだ！　いいしらせであることを、望むぜ！」

勝浦はいいながら、階段にむかって駆け出す。だが、途中で前のめりになって、急停止した。ふりかえる。

「義信君、君が外に出て行ったこと、沢木さんには報告しない。君にも得なことでないし、おれも責任上、あまりいいたくない。また、沢木さんにもよけいな心配をかけたくない……」彼はルリ子と呉に交互に目をやった。

「……わかったな?」

「わかったわ……」ルリ子が答えた。「……でも、勝浦さん、沢木さんに頼んでよ。場所をここから移動するか、それとも一刻も早くかたをつけて、こっちに来てくれるかにしてって」

「ああ、いっておく。きのうみたいに、下でギャアギャア騒がないでくれれば」

勝浦はいっさんに階段を駆け上がった。

そして、今度は初めから、声を低めての通話。

その間に、ルリ子はコーラの壜を一本持って、キッチンにひっこむ。

義信の忠告がきいたのだろうか。秋江は今度はその間に、なにも口はきかなかった。壁際よりにある、生木の曲りと、感触をそのまま生かした、太い柱に軽くよりかかる形でいた。その顔に貴族的な微笑を浮かべて……。

だが、その微笑は、自分の前で立ち騒ぐ人間たちを、侮辱の感じで見ていると、とれないこともなかった。

ルリ子が濃茶褐色の液体を満たしたコップを持って出て来たのと、勝浦が通話を終わって階段の上に姿を現わしたのとは、ほぼ同時だった。

ルリ子が待ち兼ねていたようにきく。

「勝浦さん、どうだって？」

「あまりいいしらせではない。君が主張している、場所の移動だが、そうするとおれたちの間の連絡がとれなくなってしまう。最終的に合流する場所も、わからなくなる」

「じゃあ、いつ、来てくれるというの？」

「ちょっと、ひっかかっていることがあって、今日中にはむりだそうだ。しかし、明日いっぱいには、なんとかなるといっている」

「ひっかかっているって、それ、どういうこと？」

「それだが……」階段をおり、ルリ子のほうに近づきながら話していた勝浦は、そこでふっと口を止めた。警戒するように秋江の顔を見る。「……そいつは、あとから詳しく話す」

秋江がまるで、謎なぞでも問いかけるように、言葉を投げ入れた。

「私には事情はわかりませんけれど、でも、遠くからの電話一つで、あなたたち、そんなに、はいはいと、いうことをおききになるなんて、沢木さんっていうかた、よほど信用がおけるかたなのね」

勝浦が顔をしかめて、大声を出した。

「また、この女のひっかきまわしが始まった！　川口さん、おとなしく自分の部屋に、ひっこんでいてもらおう！」

秋江は柔らかにほほえんで、もたれた柱から体をはなすと、階段をにむかって歩き出した。

2

ドアにひそやかにノックの音がした。

義信はそこに歩み寄ると、ついでに壁にある照明のスイッチを入れた。

午後から曇《くも》り始めた。そのまま夕方になると、窓の少ない部屋は、たちまちのうちに、ずいぶん暗くなっていたのだ。

ドアを開けると、秋江が立っていた。

「勝浦さんには、見つからないように、東のドアから階段に出て、やって来たの」

「なにか用が……」

「ちょっと入らせて」

「どうぞ」

身をひらいた義信の前を通って、秋江は決まりのいい大幅の足取りで部屋に歩み込む。ベッドの頭の横に置かれた椅子にすわる。

「沢木という人、今日はここには来られないといったそうだけど、それはどういうことだったの？　あとから、勝浦さんから、話があったんでしょ？」

義信は警戒のようすをちらりと浮かべる。

「川口さん、僕あたりから、攪乱《かくらん》工作のいとぐちをつかもうとしても、むりですよ」

「勝浦さんに、そういわれたの？」

「まあ……」

義信には、そういうことを隠せない、生まれのいい正直さがあるようだ。

「なにかひっかかることがあって、今日は来られないという連絡だったそうね。つまり、沢木さんが来られないのは、ルリ子さんが銀行内のどこかに隠したというお金が、うまく持って来られないとか、それとも警察の非常警戒網が厳重で、それから抜け出れないとか、そういうことなの？」

「きのうの夜、あなたにすべてを話してしまったし、なにもいわないと、あなたはまた、なにを勝浦さんにきき始めるかわかりません。現にさっきも、またあなたは、沢木さんをそれほど信用していいのかというような、きわどいことをいったりしましたね……」義信はベッドの端にすわりながら話し始めた。

「……だから、あなたによけいなおしゃべりをやめてもらうために、そっと教えます。それで、もう、よけいなおしゃべりはしないと、約束してください」

「ええ、約束するわ」

「……といっても、詳しいことは僕も知りません。また、実際のところ、勝浦さんも短い電話の会話の間では、具体的に細かいことは聞かなかったそうです。だが、なんでもルリ子さんが金を隠した所が、一時的に閉鎖されたような状態になって、取り出せなくなってしまったというんです」

「ずいぶん曖昧《あいまい》な話ね。そんな……」

「あなたのいいたいことは、わかってます……」義信はおおいかぶせる。「……そんな話を、どれほど信用できるかというんでしょ？　でも、信用するほかはないでしょう。また、僕は信用できると信じています」

「ねえ、義信さん、私のこれからいうことは、あなたたちをばらばらにする攪乱工作だと思ってもいいわ。でも、いわせてちょうだい。みんなもいっているじゃないの。あなたはお坊っちゃんそのもののお人良しで、すなおすぎるって」

「ええ、あまり利口ではないことは認めます」

「いいえ、話が違う。あなたは利口よ。でもそれが、お人良しのために、すっかり曇っているのよ。その曇りさえ晴れれば、あなたはあの人たちに利用されているだけに過ぎないということが、すぐにわかるはずよ」

「利用価値があるなら、利用してもらってもいいと思ってます」

秋江ははっとしたように、義信の顔を打ち見た。

「どうして、あなたはそうまでして、みんなの仲間になっていたいというの？　なにか、そんなに淋《さみ》しい人だというの？」

義信は当惑の反応。だが、それから、自分の胸の中のほんとうのところを覗き見たのか、妙に混乱し始めたようすになる。

「別に、それほどまでに淋しいなんて……」

「じゃあ、どうして、そんな銀行強盗なんてとんでもないことまで、いっしょに始めたの？　お父さんは大金持ちだけど、ほんとうはケチで、あなたにろくにお小遣いもくれない、なにも買ってくれない。それで、大金の入る銀行強盗に加わったというの？」

「いや、僕は一人息子だし、お袋もいないせいもあって、父は親馬鹿の典型だという評判の、かわいがりようです。だから、たいていの僕の要求は、きいてくれます」

「でしょうね。あんなりっぱな車まで買ってもらっているくらいだもの。なのに、あなた、どうしてそんな銀行強盗の仲間に加わったというの？　男としての持てる智能と度胸をかけた、純粋の一つの冒険として……なんて、そんなことをいってもだめよ。沢木とかいう人や、勝浦さんには、あるいはそういう面もあるかも知れない。だけど、あなたはそういうことじゃあ、絶対ない」

「どうして、そう断定できます？」

「そういうタイプじゃないし、第一、もしそうだったら、話に聞くような馬鹿げたことなんかは、しないはずよ」

「馬鹿げたこと？」

「そうよ。だって、あなたは今度の計画実行のことで、いったい何をやったというの？　ただ自分から車を運転して、あの人たちの逃走を手伝った。それから、隠れ家として、ここを捜してやって、それから雇われコックみたいなことをやっている。ただ、それだけじゃないの？　なのに、あなたは銀行強盗……ひょっとしたら傷害か殺人つきの銀行強盗の、りっぱな共犯者になっているのよ。たった一つ、あなたが、こんなことにかかわった理由といえば、恋人のルリ子さんに、しかたなく引き込まれてしまったか……」

義信が強い声でさえぎった。

「しかたなくじゃありません！」

「じゃあ、ルリ子さんに合わせて……といったらいいのかしら、でも、それなら、どうして、あなたはそんなにまでして、あの人に合わせようとするの？　あんなに卑屈《ひくつ》になってまで？」

「卑屈？」

秋江は大きく息を吸う。

「そうよ。いわせてもらうわ。あなたはお人良しで、心やさしくって……亡くなったお友達にたむける花を買って来たことでも、それはわかるし、ルリ子さんがコーラをほしいなどと言い出すと、ああしてみんなとの約束を破ってまで、いそいで飛び出して買って来るし、……。でも、それに対して、あのルリ子さんは、あなたにどうしたというの？　あなたにお礼をいうどころか、勝手にここを飛び出したことを、勝浦さんといっしょになって、とがめだてをしただけじゃないの？　コーラを買って来たことに、感謝もしない。でも、あなたは悲しい顔をしたけど、怒らなかった」

「彼女……女です。やはり今度のことは、そうとうの負担で、すっかり気持ちがうわずっているんですよ」

「ほら、そういうふうにかばいだてする。あなたの態度は……勝浦さんは騎士道精神なんていってたけど、そうじゃないわよ。犠牲的なもの……卑屈に犠牲的なもの……」

秋江はこみあげてくる興奮を、必死に押さえるようにして、普通以上におちついた声。

「……あなたが、どう考えてもいい。私が嫉妬から、こんなことを言い出したと思ってもいい。でも、はっきりいうわ。義信さん、あなたは勝浦さんが、時にちょっと興奮すると、『ルリ子君』と呼ばずに、『ルリ子』と呼び捨てにしているのに気がついていて？」

「そんな……」

「お人良しの、ぼんやりさん！　でもね、ルリ子さんが、そう呼ばれるのは……」

義信が憤然《ふんぜん》とさえぎる。

「いったい、あなたはなにをいおうとしているんです!?　勝浦さんがルリ子さんを〝君〟なしで呼んだからといって……」彼ははっとした顔になる。「……わかった！　君はやっぱり勝浦さんのいうとおり、僕あたりから、僕たちの結束をぶち壊そうとしているんだ！　なにか、いろいろのことを僕にいったようだが、けっきょくは僕をみんなの中から、ひきずり出して……」

廊下をかなりあらあらしく駆けてくる足音。そしてノックと同時に、声がかかる。ルリ子だった。

秋江は義信とはっと顔を見合わす。それから、部屋の中に隠れる所はないかというように、あたりを見まわす。

「勝浦さんが、すぐみんな、ホールに集まってくれって。なにか緊急の話があるって」

ルリ子はそれだけいうと、ドアを開けないままに立ち去った。

3

義信がホールにおりると、勝浦とともに、呉もルリ子も待っていた。

勝浦の表情は、にたりとした微笑といった、妙な表情に満たされていた。

「義信君、今また、沢木さんから電話が入った」

「いい、しらせですか？」

「いいしらせというより、おもしろいしらせといったらいいのか。ともかく、みんな連れだって、我が貴婦人殿を、ちょっと訪問しようじゃないか？」

「川口さんをですか？」

秋江はルリ子が立ち去ると同時に、義信の部屋を脱け出て、すでに部屋にもどつているはずだった。

「そうだ。彼女からおもしろい話が聞かれるかも知れない。いや、どうしたって、聞かなければならない」

勝浦は義信たちを後ろにひきつれて、ホールの階段をあがり、秋江の部屋のドアを叩く。返事をしてドアを開けた秋江は、後ろに義信たち全部が顔を揃えているのを見ると、当惑の表情。

「こうして、みんな勢揃いして、表敬訪問したんですから、歓迎していただけると思うんですが？」

「ほんとうは盗人《ぬすっと》たけだけしいというんでしょうけど、この場合、少なくとも外面は歓迎の意を見せなければいけないんでしょ？」

「もちろん、用もあるんです」

秋江はドアを大きく開けて、皆を中に入れると、接客ソファーに招く。

「ここはビラの中でも一番大きい、けっこう金のかかった部屋のようですが……」勝浦はもったいつけたようすでまわりを見まわした。「……などというと、このルリ子君あたりから、だからあなたは、美術的なもの、芸術的なものを、金銭に換算してでしか見れないとからかわれそうだが、そういう目を通して見たって、おれにもわかる。この部屋は、女が金を出して、女が飾った部屋にはどうも見えない。おい、呉、美学専攻の君としては、どうだ？」

　呉の答えは、あいかわらずの無愛想。

「女性用の美だとか、男性用の美だとか、そんなことは美学ではあまりいわない」

　ルリ子のほうが、それに答えていた。

「でも、そういわれれば、確かにそうね。女性的な柔らかさとか、繊細さとかそういうものがないわ。あの天蓋にカーテンつきのベッドときたら、ただ豪華だというだけで悪趣味。壁のビーナスの裸ばかりの姿の絵は、なにか卑《いや》しい思いにとりつかれているみたいな感じだし……」

　ルリ子の発言には、秋江にあてつける皮肉の感じがある。

「そうだ。そのとおりだ。そして、おかしなことがある。おれは電話機を取りはずす用があったから、このビラの中の部屋をひととおり見てまわったつもりだが、川光の息子の部屋と思われるものが、まるでないのだ。この建物は川光が息子のために、建てたといわれるものなのにだ」

「そういわれてみると、確かにそうのような……」

「だが、もしあるとすれば、このビラは彼が主人なんだ。やはり建物の中でも、もっとも広いものであるのが当然だ」

「でも、もっとも広いといったら……この部屋で……」ルリ子は当惑の声から、叫びをあげた。「……そうか！　この部屋はほんとうは、川光の息子……高森さんの話だと、光一といったっけ……彼の部屋……。そうだ、あの馬鹿馬鹿しいベッドといい、壁の絵といい……高森さんはいってたわ。彼もおやじさんに負けず劣らずのエッチで、少し精神障害があるかも知れないって。じゃあ、このお姉さんは……」

義信もまた、秋江とともに、きのうの夜、この部屋に入った時のことを思い出していた。秋江自身、あまり趣味のいい部屋ではないといっていたではないか。

ルリ子はまた遠慮のない、指のピストルを、秋江にむけて突き出した。

「勝浦さん、すると、この人は弟の部屋を使っていると……」

ルリ子の言葉を、途中で勝浦はひっさらう。

「ところが今、沢木さんがおもしろい話をしらせてきてくれた。川光には娘なんかいないというんだ。いくつかの紳士録や、著名人録にあたって調べたのだが、彼の子供は光一という息子が一人なんだ……」勝浦は楽しげに秋江のほうを見た。「……さて、すると、ここで、本来は川口光一の部屋であるべき所に、川光の娘と名乗って、すわっていらっしゃるかたは、いったい、誰なんだということになる……」

勝浦はいきなりソファーから立ち上がると、つかつかとライティング・デスクの前に歩み寄った。その端に乗っている、秋江のショルダー・バッグに手をのばす。

義信のすぐ横にすわっていた秋江が「あっ！」と小さく叫ぶ。ソファーから腰を浮かす。

だが、すぐにあきらめたようにまたすわる。

その間に、勝浦はバッグの口を開け、まっさかさまにして、中身をデスクの上にぶちまけた。

すぐその中から、パス入れを取り上げる。それに目を落とす。

勝浦の声は喜びに溢れていた。

「こいつは車の運転免許証だ。そして、せっかくの美人を、よくもこう台無しに撮ったと思われる、あの警察独特の写真だが、ともかく、まちがいなくそこにいる、貴婦人殿の顔が写されている。氏名は砂川《すなかわ》秋江。名はその人がいっているものと同じだが、姓は川口なんかじゃない。昭和三十六年十月五日生まれ。本籍、住所とも東京都練馬区石神井《しゃくじい》町……。どうやら川光とはなんの関係もない、おかたらしい……」

デスクの前に立っていた勝浦は、そこで、はっと思い出したよう。

いきなり、前の大きな引出しを開けた。

秋江がはげしく喉《のど》で息を鳴らす音を、義信ははっきりと耳にする。

だが、彼女は今度は腰も浮かさなかった。体がしびれてしまったという感じ。

勝浦は中から一枚の紙を取り出した。それに目を落とす。今までのにたり笑いが顔から消え、緊張の表情になった。

やがてまた彼の顔には、にたり笑いがもどる。今度は満足の色をつけくわえて……。

「へー、そうなのか、そういうわけだったのか。おい、みんな、おれが彼女を初めて見たのは、彼女がこのデスクにすわっていて、なにかを書いている時だった。彼女はおれたちに見つかったのを知ると、慌ててなにかの紙をこの引出しにしまった。今、それを思い出して、取り出して見たというわけだが、みんな、読むから聞くといい。『私が自殺するのは、会社の金を横領《おうりょう》した罪にさいなまされてというのでは、まったくありません。私はそのことには、自分でもふしぎなほど、良心の痛みを感じていないのです。といって……』と、文章はここで終わっている。どうやら、この時、彼女はおれたちに発見されたらしいが、へー、そういったわけだったのか。あんたは会社の金を横領した女。そして自殺しようとしていた女。なるほどね？　なんのためにだ？　単なる物欲？　いや、よくあるパターンで、男のため？　または、男にだまされたか、煽動《せんどう》されたか……？」

勝浦は手にした紙と免許証をひらつかせながら、ソファーにもどって来た。

勝浦は秋江の前のソファーに、大きなはずみをつけて、腰を落す。なおも鬼の首でも取ったようないきおいで、しゃべり続ける。

「……なるほど、これで、いろいろ思い当たることが出てきた。おれたちはこのビラに忍び込んで来たとはいえ、無人だと思ったから、かなりの物音をたてたり、しゃべったりして、いろいろの部屋を覗いたりもした。にもかかわらず、あんたがまるでそれに気づかなかったのは、遺書などという突き詰めたものを書くために、すっかり気をとられていたからじゃないのかな？」

「………」

「そうだ、それから冷蔵庫のことだって、そうだ。もしあんたが川光の娘で、少しの間でもここに滞在するというなら、そこがまるで空っぽというのは、おかしなはずだったのだ。あんたはただの侵入者。そして、すぐあの世に行く覚悟。だから冷蔵庫に食べ物、飲み物を少しでも入れるということもしなかった……」

「………」

「だがまあ、そんなことはどうでもいい。それよりも、あんたが、私にはこわいものはないと、馬鹿にいばっていたことだ。それもよく、意味がわかってきたよ。死を覚悟した人間に、確かにこわいものなぞあるはずがない。そして、それが、これまでのとりすまして、しかも、大胆な言動だったといったわけか？」

顔をうつむけ、下唇を噛んで、秋江はなおも沈黙を続ける。

だが、しばらくしてあがった彼女の顔は、突き詰めた淋しさの中に、まだきりりとしたものを、もちこたえさせていた。

義信はその必死の美しさに、今まで味わったことのない、快感めいた戦慄《せんりつ》を感じていた。

「そこまであなたにわかっていれば……」彼女は低く、小さな声で、口を開き始めた。

「……もうあとはなにもいう必要はないでしょう。確かに私はここを死に場所にしようと、やって来たのです。なぜここを選んだか、それは……おそらくは義信さんが、ここを隠れ場所に選んだ理由と、どこかいっしょのものがあるのかも。ひょっとしたら、この建物には、ある人たちを呼び寄せる、ふしぎな魔力といったものがあるような……」

秋江の静かなようすに、勝浦はいささか戸惑った感じ。

「あんたの度胸のいい冷静ぶりは……ひょっとしたら、持って生まれたやつと、いささか訂正しなければならないかな。いや、そうだ！　その度胸と冷静さで、あんたは、会社の金をごまかしたんだ。よしっ、そうならば、これはおれたちとあんたとの間に取引《ディール》というやつを提案しても、うまくいくかも知れない」

「死神にとりつかれたような女と、ディールをしても意味がないのでは？」

義信はつい少し前、彼女が自分にひそかに陰謀めいた手を、さしのばしてきたことを忘れてはいなかった。特にルリ子についていったことは。

にもかかわらず、義信は彼女が自分の秘密を無惨《むざん》に暴かれたあとも、きりっとした態度を崩さないでいるのを、心ひそかに嬉しくさえ思い始めていた。

しかし勝浦もまた、さすがに秋江に負けない理詰めの冷静さであった。

「いや、その死神ってやつは、いつ、ポロッとあんたから落ちてしまうか、わかったものではない。実際のところ、もうおれたちへの攻撃精神で、すっかり抜け落ちているのを、隠しているのかも知れない。しかし、いっておくぜ。あんたもまた、ここへの侵入者なんだ。そしてなによりも問題は、あんたが会社の金を横領したという。社会的大犯罪者だということだ。おれたちがやったことが、それと同じような……実際のところ、もっとデッカイものだとしても、まあ、あんたには詳しいことはわからなくていいが……」

「いいえ、死にとりつかれている人間というものは、ふしぎに意識が透明になって、神秘的に頭が働くのかも知れないわ。私にはもう、ほぼ、あなたたちがなにをやったか、わかっているつもりよ」

「それならそれで、けっこう。ともかくおれたちは持っている秘密ということでは、五《フィフ》分五分《ティ・フィフティ》だ。だったら、お互いにお互いの秘密は永遠にいわないということで、ディールにしようじゃないか？」

「そんなことは、私、初めから約束していたことでしょ。もっとも、私がどういう女で、なぜここにいるかについては、ほんとうのことをいわなかったから、むりもなかったかも知れないけど。でも、これで、良くわかったでしょ。私は人にいわないどころか、そのまま死んでいくつもりなんですから」

勝浦はあっけにとられる。

「死神というのは、とりつきやすいが、また落ちやすい。だからこそ、人間全部が死の運命を持っているのに、楽天的に生きているともいえるのに、あんたは……あんたはまだ、ほんとうに、その死神をたいせつに抱いているといのうか？　自殺者は、一度止められると、十中八、九はそれで水をさされ、しばらくは、その気をなくすとも聞いたがね」

「いいえ、死ぬつもりよ」

「あきれた。その冷静なおちつきで、死ぬのもやめないというわけか……と、思いたいが、それもこちらをだます計算かも知れない。だが、いずれにしても、おれたちもまた、あんたの重要な秘密を握っているということは、忘れないでほしい。それじゃあ、ここでは、まず仮のディールということにして、詳しいことは沢木さんと話したあとということにしよう」

「また、その名が出てきたわね。私の今の澄んだ頭で……いいえ、やめておくわ。何度いっても、聞いてくれるはずがないんですものね」

「そうだ。ともかく、この部屋でおとなしくしていてくれたまえ。おれたちもおとなしく時の来るのを待つ。そして、ここからひきあげていく。そのあとは死にたいなら、勝手にするがいいさ。砂川秋江さん」

勝浦は勝利を確認したように、手に秋江の免許証と書きかけの遺書の紙片を持ったまま、立ち上がった。

4

「ルリ子君、ひと仕事で喉が乾いた。そうだ、あのコーラでも、一杯、もらえないか?」

秋江の部屋を出た勝浦が、廊下に出した椅子とテーブルのほうに、皆とかたまって歩き出しながらいった。

秋江はああはいったが、ともかく、今はルリ子に〝君〟をつけて呼んでいる……。

義信はいっしょに歩きながら、そんなことに注意をむけていた。

やはりあれは秋江が自分を、こちらに引き寄せようとする、悪魔の囁き……。

彼にはそう思えてきた。

少しでも、ルリ子に、そして勝浦に、猜疑《さいぎ》の気持ちを抱いたことが、もうしわけないように思えてくる。

ともかく、義信は勝浦が『ルリ子』というふうに呼んだことがあったという記憶はないのだ。

呉がドアを開けて、自分の部屋に消え、ルリ子のほうは早足になって、ホールにおりる階段に近づいた時、秋江の部屋のドアが開く音がして、彼女の姿が追うようにして現われた。

「勝浦さん……」

秋江の呼び声に、勝浦は椅子にすわろうとするのをやめてふりかえる。義信もまた同じだった。

秋江はゆっくりと、数歩、歩み寄ると、廊下の手摺に寄りかかるようにして、立ち止まる。

「これはよけいなことかも知れないけど、でも、あなたたちが今やっていることとは、直接の関係はなさそうだし、また、私自身の身にもふりかかる危険かも知れないから、いわせてもらってもいいと思うんだけど……」

「なんだい？」

勝浦はいささかうるささそう。

「さっき私は死神にとりつかれた人間の頭というのは、妙に透明に敏感になっているといったでしょ。その頭で、さっきから不安に感じていることなんだけど、このビラには変に窓が少なくて、しかもそこにはすべて、厳重な鉄格子がはめられているということ。それはなにか、泥棒を恐れるための用心のためというより、むしろ中から人が出て行くのを防ぐため……そういうものが感じられないかしら？」

「意味がよくわからないが……」

「つまり、人間を中にとじこめておくためという考えよ。たとえば……精神病的な人間とか……」

手摺の真下にルリ子が出て来て、キッチンから持ち出して来たコーラを小円卓上で、コップに注ぎ分け始める。

「精神病？　あんたはなにを、言い出すんだ？　まさか、君はこのビラがそういうものだと……」

さすがの秋江の顔にも、ちょっと困った表情が浮かぶ。

「どうも、私は頭脳も精神も普通の状態ではないから、こんな馬鹿げたことを考えるのかも知れないけど……。でも、確かにいえることは、ここの戸締まりや窓の造りは異常で、なにか深い意味があるわ」

「ああ、それは認める。おれらしい見方でいえば、ただもうそれだけというなら、金の無駄遣いだ」

ルリ子が盆に乗せたコップを持って、上の廊下にあがって来た。

そこに乗ったコップの数は二つ。それを勝浦と少し先にいる義信にそれぞれ渡すと、また下におりて行く。

勝浦がそのコーラを一口飲んで、秋江にききかえす。

「しかし、窓のつけかたや鉄格子が異常だ、だからそれは泥棒防止であるよりは、精神病院のそれのように、中の人間が出て行くことを防ぐためだからといって、それがどういう意味を持つと……」

「そのことと、高森さんという人が殺された時の状況を考えてみるといいわ」

「というと？」

「ともかく、ほかのあなたたちみんなには、アリバイがあったというんでしょ？　そして、お認めいただけるならば、私にもアリバイがあった。つまり、ここにいるみんなが無実とするなら……」

勝浦の顔がこわばった。

「そうか！　すると、やはり考えられることは……」

突然、下から声があがった。ルリ子の声らしかった。しかし、そのうめくような、それでいて、喉を破るような叫びに似た声は……。

「へんよ！　へんな気持ち……」

そこまでいったあとは、義信にも完全に聞き取れなくなっていた。あとはただ苦痛にうめき……。

義信は慌てて、手摺越しに下を覗き込む。

ルリ子が喉に手をあて、歪めた顔を、一瞬、義信のほうにふり上げた。と思う間に、今度は顔をぐっとうつむけ、体を前に二つ折りにし……。

一番早く行動に移ったのは、秋江だった。

手近の足元のほうは見えない位置のため、いまだに呆然としている勝浦の前を、疾風のように走り過ぎると、いっさんに階段を駆けおりる。

義信もそれに続く。

彼は階段を駆けおりた時には、すでに秋江は、床に倒れたルリ子のそばにひざまずいていた。

だが、倒れたルリ子をどう処置したらいいのか立ち迷うように、床についた手をうろうろさせている。

ルリ子の体の横の七、八十センチの所に、横に転がったコップ。瞬間、その周辺を汚している濃い色のものは、すっかり暗くなったホールの薄暗がりの中でも、血のように見えた。

だが走り寄るうちに、義信はそれがコップからこぼれた、中身と理解した。

ルリ子は苦痛にもがいているのか、それとももうただの痙攣《けいれん》になっているのか……人間とは信じられない動きを、床の上で見せている。

同じように、秋江の横に膝をついた義信は、瞬間、彼女と同じに、手を伸ばすことを躊躇する。それから、ともかくもなにかしなければいけないという衝動に、両腕を突き出すと、ルリ子の上半身を抱きかかえる。低い高さに持ち上げる。

「どうしたんだ!?　えっ、ルリ子か!?　ルリ子がどうかしたのか!?」

階段を駆けおりて来た勝浦が叫びながら、壁にある照明のスイッチを入れた。

まばゆい照明の下、義信が自分の顔間近の、腕の中に見るものは、見知らぬ人の顔であった。それほど、ルリ子の顔は苦痛に歪んでいた。もう死の影に色濃くおおわれて……。

義信は自分の腕の中で、もう声もなく痙攣するルリ子の動きを吸い取りながら、衝撃、狼狽、恐怖の交錯の中にいた。

そして、彼は勝浦が確実に二度も、今腕の中で、まちがいなく息絶えていくらしい女を、

『ルリ子』と呼んだのも、その混乱の中ではっきり聞いていた。

勝浦の足音があらあらしく床を踏んで、こちらに飛んで来る。

同時に、上の廊下の手摺から、呉の声がふりおりてきた。

「なにかあったのか?」

それはおそろしく間のびしたものだった……。

第四章　もう一人いる

1

「毒だ。なにかはわからないが、おそろしく強力な毒。それがおそらくは、コーラに入れられたのだ」

ルリ子の遺体を、協力してユーティリティーに運び込み、ホールにもどると、勝浦は床に目を落しながら、力をこめていった。

そこには、コップも、こぼれ流れたコーラの跡もそのままだった。

「しかし……」義信はいい出したが、まだ声が震えているのに気づいて、必死にそれを押さえる。「……その毒はいったい、いつ、どこで、入れられたというんですか？　僕も、勝浦さんも、コーラを飲んだのですが、なんでもなかったんです」

言葉をぽっつりと、さし挟んだのは、呉である。

「彼女、なにかの突然の発作《ほっさ》じゃあないのか？」

「馬鹿いえ！　おまえはいつも、そういうふうに、とんでもない発想ばかりするんだ！」

勝浦は噛みつかんばかりの調子。

「しかし、高森のこと以来、殺人という観念が、みんなの頭から離れなくなっているところがある」

「それは認める。だが、あんなにぴんぴんしていた彼女が、あんなに急に倒れるはずがない。ともかく、ルリ子君はコーラに入っていた毒を嚥《の》まされて、殺された。そう考えるほうがいい。問題は義信君もいうとおり、いつ、どこで、それが入れられたかだ」

義信は興奮に、ともすれば空回りしそうになる、頭の回転を必死に絞って、その時のことを思い出そうとした。

「僕はルリ子さんがいる所からは、少し横にはずれた、上の手摺のそばにいたので、彼女のことを見るともなく見ていたのです。だから、知っています。彼女はコーラの壜やコップを乗せた盆を、キッチンからそこのテーブルに持って来ました……」

「壜の栓を抜かずにか？」

「それは……ああ、そうです。彼女はそのテーブルで確か栓抜きで、王冠を抜いたような……」

勝浦はその小円卓に歩み寄って、その上を見た。

「ああ、そうらしい。確かに、ここに栓抜きがある」

「それから……コップに注ぎ分けて、それを二階の廊下にいる僕たちの所に持って来て……」

「彼女のぶんのコップは、テーブルに残してか？」

「たぶん、そうだと思います。しかし……はっきりしたことはおぼえていない……というより、見ていなかったような……。ルリ子さんがこっちに来るのを目で追っていたり、勝浦さんが川口さんと話しているのを聞いていたりしていましたから」

「彼女は正確にはもう川口じゃない。砂川だそうだがな。それはともかく、そうして、そのテーブルで王冠が抜かれ、注がれた中身が、おれたちの所に持ってこられたが、それには異常はなかった。とすると、壜の中にあらかじめ毒が入れられ、それにまた王冠がしっかりはめられたというようなことは、ありえないことになる……」勝浦は筋を追って、結論に近づこうとして行く。「……とすると、残る可能性は、ルリ子君がそのまま、そこのテーブルに残して行ったコップに毒は入れられた。つまり、彼女が僕たちの所にコップを持って来た間に、毒は入れられたと考えるほかはない。義信君、その間に、誰かがその残ったルリ子君のコップに、近づいたようなことは？」

「だから、さっきもいったように、その時はそのあたりは良くは見ていなかったので……」

答えながら、義信はまた勝浦が『ルリ子』から『ルリ子君』に、なっていることに気がついていた。

「ともかく、見てのとおり、あの小さく、丸いテーブルは張り出し廊下の下に、半分ひっかかるような所にある。だから、犯人が誰にも見られずに、キッチンのほうから張り出し廊下の下に入って来て、手を伸ばして、彼女のコップに毒をすばやく入れることは、おそろしく簡単だった」

呉がまた言葉を入れた。

「おい、しかし、犯人といっても、君たちはみんな廊下にいた。そして、僕は部屋の中にいた……」

「おまえは独りでいたんだから、そのアリバイはないわけだが、まあ、そうしておこう。だから、砂川嬢……」勝浦は大テーブルの前にすわって、第三者の態度でいた秋江に顔をむけた。「……これからは、そう呼ばせてもらいますよ。あんたが、さっき提案した仮定を、どうやら深刻に受け止めなければいけない状況になったと、正直に告白しよう」

呉が眉《まゆ》をひそめてたずねる。

「なんだい、彼女の提案した仮定というのは？」

「彼女はこのビラは窓が少なく、しかも小さい。その上、厳重にすべて鉄格子まで入っているのは、なにも防犯というような、外からの用心のためとはいえない。あるいは内側からの、用心のためかも知れないというんだ」

「良くわからないが……」

「たとえば、精神病院の窓と鉄格子のように、人を中にとじこめておくといった意味だって、考えられるというんだ」

呉もしばらくは、呆然とした顔つき。それからうめくようにいった。

「なるほど……。そいつは、斜め思考のおれも、顔負けのアイデアだ」

「ちょうど、話がそこに行った時、ルリ子君の今の騒ぎだ。それで話は中断したが、砂川嬢、あんたはこういおうとしたんだな？　だからこのビラの中には、おれたちのほかに……もちろん、この場合はあんたを含めたおれたちのほかに、もう一人の人間がいるんではないかと？　しかも、その人間は精神病的な人間の可能性もあると……」

秋江はうなずいた。

「このビラは川光が一人息子のために建てた……そういうことでしょ。そして、なにか、その子供はかなりおかしな所があると……」

「ああ。そのおかしなというのも、死んだ高森の話によるとかなり狂気の感じだったと……。彼は一年ばかり前までは、六本木のあたりを札ビラを切って、狂ったような女遊びをやっていたが、そのはてに、なにか、質《たち》の悪い女にひっかかって、ぷっつり消息を絶ってしまったとか……」

「まあ、そんなことまで……」

さすがの呉もようやく動揺を見せる。

「おい、すると、ひょっとしたら、その、あるいはとじこめられているかも知れない人間というのは……」

「そうだ。あるいはその川口光一あたりかも知れない。川光は息子のために、ここを建てたというが、あるいは、彼をここにとじこめるために建てた。そういう解釈もできる。いや、それは光一でなくてもいい。不明の一人の人間がいると仮定すれば、それで高森やルリ子君の不可解な殺されかたも、すべて簡単に解釈がつく。そしてそれが、やはり光一だとしたら、かなりの狂気の状態だろうから、二人が意味なく殺された理由だってわかってくる」

義信がどもりがちに、口を入れた。

「つまり……つまり……勝浦さんは、光一が精神病的な殺人マニアで……それで……それで、高森さんやリル子さんを殺したと……」

「じゅうぶん可能性がある。今、ルリ子君が毒で殺されたという事実だ。なにかはわからないが、そうとう強力なものらしい。そんな毒を常に携帯していて、チャンスを見て、すばやくコーラに入れられるなんて、こいつは殺人マニアのような奴としか考えられない」

「じゃあ……じゃあ……相手が殺人マニアというなら、そしてどこかに隠れているというなら、まだこれからも……」

「ああ、殺しは続くことになるかも知れない。あるいは皆殺し……そんなことも考えているのかも知れない」

「しかし……しかし……そうだとしても、いったい、彼はどこに姿を隠していると……」

「かなり広いビラだからな。その上、自分の所だ。僕たちの目をかすめて、するすると逃げまわるのは、そんなにむずかしいことじゃない。そして、あるいは彼はそれを楽しんでいるのかも……」

秋江が横からいう。

「あるいはどこかに隠し部屋といったものがあるのかも……。これだけ、お金をかけて、しかも凝った建てかたをしているのよ。そのくらいは簡単に作れたかも……」

「ああ、そうかも知れない。ともかく、もうこれ以上の悲劇はカンベンだ！　そういった隠し部屋のことも頭に入れながら、緊急に、そのいま一人の人間を捜すんだ！」

緊張した声でいってから、不意に、勝浦は珍しく一抹の淋しさを浮かべた顔で、皆を見まわした。

「……といっても、なにか急に顔ぶれも淋しくなってしまって……これでは一人一人別になって、捜索をするのは危険だ。砂川嬢、こうなったら、あんたの手伝いも必要になったようだ」

秋江はほほえんだ。

「私への疑いは、とけたというわけ？」

勝浦に一瞬の躊躇があった。

「臨時的に、といたとしておこう」

「なにか、私、溺《おぼ》れる者の藁《わら》になった感じもするけど、私は……死ぬのは、こわくないけど、殺されるようなみじめな死にかたは、ゴカンベン。だから、お手伝いする」

「呉、君は砂川嬢と組んで、二階を細かく調べろ。おれは義信君といっしょに一階を受け持つ。そして、なにも発見できないとしても、それでおしまいにせずに、今度はおれたちが二階、呉たちは一階と交替して、もう一度調べなおす。人が変われば、また、前の組が気がつかなかった所に、目を止めるかも知れない。しかし、なにか話は、ひどく危険になった感じだ。いいか、少しでも、いま一人の人間の気配を感じたら、すぐあとのみんなを呼ぶんだ。深追いはするな。そして、万が一にでも、不意に襲われたら、大声をあげて助けを呼べ。それから、なにか手に、一応は武器を持っていたほうがいい。ユーティリティーの隣の道具部屋から、なにか適当に武器になるものをさがせ。おれはこれがあるから、必要はないが……」

勝浦はコートの裏ポケットに手を入れると、そこに隠したものを取り出した。オートマチック拳銃だった。

秋江が息を嚥む音を喉でたて、目を丸くし、それを見つめた……。

2

いま一人の人間がいる。

そういわれると、わずかの暗がりにも、またちょっとした角《かど》になったスペースにも、なにかがひそんでいるようで、義信は体をこわばらせ続けていた。

手初めの、照明の明るいキッチンの捜索はまだ良かった。

西に移って、使用人室の捜索ともいうことになると、ドアを開けるところから、緊張に手足が意志にさからうのを感じる。

「横手の壁に身を寄せて、ドアのノブをひねってから、足先で下の所を思いっ切り蹴って、いきおいよく突き開けろ。おれはここに立って、このとおりでいる。もし少しでもヤバイ気配を感じたら、ためらいなく撃つ」

勝浦はそういって、ドアの真正面反対側、廊下の壁に背中を寄せるようにして立ち、拳銃をかまえた。

あちらの刑事物やホラー映画、そんな場面がよくあるのを、ちらと義信は思い出しながら、指示どおりに動く。

部屋は突き開けられたまま、黒い口をあけて、静かであった。

勝浦が低くいう。

「壁に身を寄せたまま、手を中に突っ込んで、壁の照明のスイッチをさがせ。見つかったらうなずいて、そいつを入れてくれ」

義信はつい今、道具部屋から持って来た、大型のモンキースパナを右手から左手に持ちかえる。

自分の手の長さについて、これまで義信は考えたこともない。だが、人並はずれて、生まれつき長いことを祈る気持ち。戸当たりぎりぎりにずって行って、右手を中に伸ばす。

どうやら人並はずれて手は短いのか、それともそういう形では、誰でもそのくらいなのか。まるでわからないが、じれったいほど、手は壁の裏側のわずかの部分にしかとどかない。

決心をつけて、かなり戸当たりから中に体をはみ出させる。もし中で銃ででも狙う者がいたら、義信のはみ出た体は、廊下からの光で、かなり濃いシルエットの、いい的《まと》になっているにちがいない。

そう思いながら、壁の奥をさぐるうち、とうとう指先にそれらしい物が触れた。そこでいま一度、体をはみ出させて、確実にスイッチを指先に確認し、勝浦に合図のこっくりを送る。同時に、それを跳ね上げる。

光が廊下まで溢れ出た。

勝浦は義信とは反対側の壁に飛びついて、身を寄せると、横手から銃口だけを部屋の中に突き出す。ゆっくりと頭を中に入れて行く。やがて全身を、ドア口に移動させる。

勝浦が数歩中に歩み込むと、義信も体を壁からはなして、そのあとにしたがった。

ツインのベッドと、二方の壁に横開き扉のクローゼットを備えた、十平方メートルばかりの簡素な部屋。

勝浦は拳銃を慎重にかまえたまま、部屋の中をひとわたり見まわす。

次に銃口をさげると、ゆっくりとかがみ腰になり、ベッドの下に視線を入れる。

再び伸び上がった勝浦は、今度は銃口をクローゼットの扉にむけた。顎《あご》をしゃくり、左手でその扉を開けてほしいというジェスチャーを、義信に送る。

義信は扉の横に身を寄せて、そこをゆっくりと開ける。

中は前面にまで棚が出ていて、人がそのまま立って隠れるような余裕はない。

それはいま一つのクローゼットも、同じだった。

「後ろのほうに、隠し部屋といったものがある感じはないかな……」

勝浦はクローゼットの中に頭を入れ、天井から床下まで見まわす。

「見たところ、あまりそういう感じはないな。よしっ、次のトイレと浴室に移ろう」

二人は再び廊下に出ると、奥に移動する。そして、そこでまた、同じような捜索。

それが終わると、再びキッチンにもどって、今度は東の廊下に出る。

ユーティリティーのドアの前に立った義信のためらいを、勝浦はすばやく見て取っていた。

そこには、いま二つの死体が並んで安置されているのだ。しかもその一人はルリ子。

「君の気持ちはわかるよ。だが、ここは非情にならなければな」

「勝浦さんは、ルリ子さんまでがああいうことになって、なんでもないのですか?」

義信の暗示的な言葉に、勝浦に、瞬間、狼狽の色が浮かんで、すぐ隠された……と見たのは、義信の気のせいか。

「なんでもないことがあるか。しかし、今はあの二人の復讐のためにも、また、おれたちの安全のためにも、徹底した捜索のほうが、第一問題だ。よしっ、君の気持ちもわかるから、ここで待っていたまえ。ここはおれ一人で調べてみる」

勝浦は義信を押しのけるようにして、ドアの前に歩み寄ると、そこを開いた。

その部屋だけは明りがつけっぱなしだったので、とたんに中から光が溢れ出てくる。

義信はなにか巧みに、話をはぐらかされた気持ちで、中に入る後ろ姿を見つめる。
三、四分して、勝浦は出て来た。
「ここも同じだ。次は道具部屋だ」

そこには、義信もいっしょに入る。

そして、ここにも隠れている人の姿はなさそうと見きわめて、再び廊下に出る。

「今度は、君が使っている部屋か……」

そこにむかって歩み出そうとして、勝浦はふと足を止めた。耳をそばだてるようす。

それにならって、同じように聴覚に神経を集めた義信は、前のドアのむこう、ホールのほうで、人の足音らしいものが、ほんの二、三歩、動くのを聞いた気がした。

なおも神経をとぎすますと、確かに人の気配らしいものも感じられる。

ややさがり気味だった勝浦の拳銃の銃口が、ドアにむかってあがる。くりかえして来た手法で、そこを横手から開けろという勝浦の合図が、目で義信に送られてくる。

義信は横手の壁に取りつくと、ノブをまわして、ゆっくりと押し開ける。

反対側から銃口を入れ、次に頭を入れた勝浦は、声をあげた。

「きみっ!?　なぜ、君は……」

彼はドア口に歩み出て、そこに大きく立ちはだかった。

驚いて同じように歩み出た義信は、勝浦の肩越しに、砂川秋江を見た。

体をねじまわした形で、目を見開き、勝浦の突きつけた銃口を見ている。

「いったい、どうしたんだ!?　もう、呉といっしょに、二階はすべて調べ終わったというのか!?」

「いいえ、そうじゃないわ。なにかよくわからないけど、二階の東の三室を南から順に見ていって、あの川光の部屋に入ってしばらくしたら、呉さん、急になにか思いついたみたいに、下の部屋に行こうと、走り出したの」

「どういうことだ?」

「わからないわ。後ろから追いかけながら、私がたずねても、なにも返事をしないんですもの。あの人はいつもそういうふうにして、自分の考えばかりに夢中になっている人みたいね。そして、あの人、今の部屋の真下の……あれはルリ子さんの入っていた部屋だったかしら……そこに駆け込むと、なんだか行進するみたいな足取りで部屋を縦に往復すると、また、そこから飛び出して、このホールに入って、それから玄関から飛び出して……」

「なに!? 玄関から飛び出した!? いったじゃないか!? 外に出ることは厳禁だと……」

だが、そんなことを仲間でない秋江にいっても、しかたがないと気づいたのだろう。勝浦は途中で口をつぐむと、いっさんに玄関に駆け出した。

3

玄関のドアは開け放したままだった。

冷たい風が流れ込んで来ている。

「呉……」

大声で、瞬間、勝浦は呉の姓を呼ぼうとして、慌ててやめた。

外に飛び出そうとする体を、戸当たりの柱をつかんで止める。

義信もすぐに、勝浦の横に走り寄る。

月のない晴れた夜空の下、見渡す限りの夜の底に、うっすらと白いものが拡がっている風景が、目の前に展開する。

「あの馬鹿野郎！　どこに……」

勝浦は義信の横でののしりながら、景色の中を見まわす。

「いったい、どうしたんでしょう!?　なにか、気が狂ったみたいじゃ……。あっ、あそこに……あそこに、なにか動いたみたいで……」

義信のなにか見つけた声に、勝浦はいらだたしくきく。

「どこ!?　どこだっ!?」

「左手の林の前あたりの……」

義信の指さす先を、必死に視線でさぐった勝浦は、ようやく薄暗がりの中に動く、その黒い点を見つけたようだ。

胸の裏ポケットに拳銃をもどすと、雪の中にいっさんに走り出す。初めは玄関にむかって、わずかについている踏み固め道をたどる。今日の午前、義信や勝浦がつけたものだ。

だが、勝浦は途中から、一筋の足跡がそこからはずれて、左手にむかっているのを見つけると、それをたどって横手にそれた。

気持ちだけが前に突っ走り、体がついていかないという疾走である。しかも積雪四、五十センチはあろうかという、平原の中だ。

足を取られて、横に倒れてしまい、起き上がって数歩走り、今度は尻餅をつく。

とうとう雪の中に慎重に足を踏み入れ、踏み入れ進むという義信に、追いつかれてしまう。

それで勝浦も、もう疾走はやめていた。義信とほとんど並んで、歩きの歩調になる。

近づくにつれて、林の前の人影が呉であることが、はっきりしてきた。

とうとう我慢がなりかねたように、勝浦は必死に押さえた声で叫んだ。

「おいっ、呉！　なんだと、いうんだ!?　呉！」

呉はこちらを見て、ちょっとにやりとしたようだ。だが、薄暗がりの中でははっきりしない。

そのおちつきぶりからしても、別に義信の考えるように、呉は気が狂ったという感じではない。

彼はすぐにこちらにむかって、歩き出して来た。それで、義信たちも雪の中に立ち止まる。

「おいっ、なんの断わりもなく飛び出すなんて、いったいどういう料簡なんだ!?」

呉の顔つきまでがおぼろにわかる所に来ると、勝浦は鋭くとがめた。

「すまん、すまん。しかし、これで、どうやら、おもしろいことがわかってきた」

「なにが、おもしろいだ！　勝手に、外に飛び出して！　義信君といい、おまえといい、いったい、今のおれたちの立場を、どれほど深刻にわかっているんだ!?　おれはもう、この役目からおりたくなったぞ」

勝浦らしくないせりふに、呉もまた呉らしくない軽い調子で答える。

「まあ、そんな気弱なことをいうな。おいっ、ちょっと、ビラの建物を見てみろ……」

呉は義信たちの所に並んで立つと、ビラのほうを見たが、すぐいいなおした。

「……だめだ。ここからじゃあ、角度が悪くて見えない」

「というと……おまえ、なにかあの建物を、外から見物しようとして、飛び出したというわけか？」

「そういうことだ」

「ここに初めて入って来る時、悪魔が翔んでいるなどといって、かなりよく見ていたんじゃないか？」

三人は縦に並んで、ビラの玄関のほうにむかってもどり始める。

「だが、玄関に通じる間の道からでは、正面が見えるというだけだった」

「それでいいじゃないか？」

「つまり、東と西の両側面の詳しいことは見えなかった」

「だからって、こんな人目につくような危険なまねまでして、それを見に行くことはあるまい」

「いや、それだけの危険に賭ける価値があったよ」

「どういう価値というんだ？」

「あそこの林の端まで行ったら、このビラの東側面は、上下左右とも、すべてフラットになっていたということだ」

三人は再び、玄関に通じる道に出る。

開かれたドアの口に、秋江がシルエットを作って立っているのが見えた。

「フラットだからって、それがどうした？」

「ということは、一階も二階も東端は、フラットになっているということだ」

「当然、そういうことになる」

「だが、一階の東に三つ並んだ部屋のどれでもいい、一つの部屋に入って……と説明するより、まあ、実際に試してくれるといい……」

一番後ろを歩いていた呉は、早足になった。横手の、足跡のない雪の上を、サクサクと踏んで前の二人を追い越すと、急いで玄関に歩み寄る。そして、身を引いて迎える秋江の前を通り過ぎながらいう。

「ともかく、みんな、おれのあとについて来てくれ」

大股にホールを横切り、東の廊下に出た呉のあとを、皆はそれ以上質問もできず、追いすがる形。

そして、一番北側の部屋に入った呉は、あとから来る勝浦をふりかえる。

「おい、そのドア口から、真っ正面のむこうの窓まで、普通の歩調で歩いてくれ」

勝浦はかなりふきげんなようすで、むこうのカーテンの引かれた窓にむかって、歩き出した。

「九歩……」

「四メートル五十というところかな。じゃあ、今度は上の川光の部屋に、ちょっと行ってほしいんだ」

皆は南詰めの階段をぞろぞろとあがって、その部屋に行く。

開けられたドアから中を見たとたん、義信はあっと気がついた。むこうの壁までの長さが、確かに下よりも短いことを。呉にそれに注意するようにしむけられていなかったら、あるいは気づかなかったかも知れないが……。

勝浦も同じに感じたにちがいない。

「この部屋、なにか下よりは狭いような……」

「そうだ。ともかく同じように歩いてみたまえ。ただし、ここの東向きには、なぜか下と違って小さい窓といったものさえ、一つもないことにも注意してほしい。すべて鏡板になっている……」

歩き出した勝浦はすぐにむこうで、ふりかえる。

「七歩とちょっと……」

「そう。三メートル五十くらい」

「わかったよ！　つまり下とは一メートルの差がある。しかし、この建物の東側は外から見ればフラットとすれば、なにか表側がそうなるための、余分のスペースが……」

勝浦はふりかえって、鼻先の濃茶褐色に塗られた、樫材とも思われる、堅牢そうな鏡板を見た。

「……隠し部屋か！　つまりは砂川嬢がいうように、この後ろに、やはり隠し部屋があったのか！」

4

呉は自分のその発見に、かなりとくいげな声で、いつもよりは滑らかな口調で、説明を始めた。

「そう。そこに下と違って、今もいったように、まるで窓がないことも、その証拠の一つになりそうだ。もっとも単純な美に、反復《レイトレイション》とか、対称《シンメトリー》とかいう手法がある。上と下の部屋の二つを見た時、僕の感覚にこれが破られているのが、なんとなくひっかかったのが、このことに気づいたきっかけだ」

「しかし、この後ろに隠し部屋があるとして、いったいどこから入れると……」

「そいつだが、これも僕の美的感覚というと、おこがましいが……ともかく、感覚になんとなくひっかかるものがあることが、どうやらそれを知る手掛かりになった」

「美学の勉強は、隠し部屋捜しにも役立つっていうわけか？」

「見てのとおり、ここには川光好みの好色らしい彫刻像や置物、それに家具調度といったものが、かなり賑やかに置かれている。ところがその賑やかさを妙に破る、奇妙なスペースがあるのを、感じ取れないか？」

「そういわれれば……」声をあげたのは、少し離れた後ろにいる秋江だった。「……私には、わかるわ。そこの真ん中の鏡板の前あたりの部分だけが、妙になにも置かれていない。間の抜けた感じみたいな……」

彼女は部屋の中心の向う側あたりを指さして、くるりと線を描いて見せた。

「あなたはなかなかの感覚の持主らしい。そうだ。今、砂川さんが指さしたあたり……」

呉はつかつかとそこに歩み寄ると、かがみ腰になる。「……ちょっとみんなも来てみたまえ。ここの絨毯《じゅうたん》を見てほしい」

みんなといっしょに、呉の後ろに歩み寄った義信は、同じような姿勢になって、そこに目を近づけた。

毛足の長い、インド絨毯であった。それが……。

「ああ、なにか毛足が、みんな一定方向に寝ているみたいな……」

「そうだ。そして、その毛足の寝ている部分の拡がりの形だが……」

呉がゆっくりとむこうに目をあげていくのを追った義信は、すぐにその形を理解した。

「きれいな半円型……」

「そうだ。それも直径にして二メートル弱くらい、ずいぶん形もはっきりしていて、こちら側の曲線を作る毛足の寝ている部分と、寝ていない部分との境もはっきりしている。と、ここまでわかれば、もう隠し部屋の入口がどこにあるかも……」

「そうか、あの鏡板の一部が入口の扉になっていると！」

「そうだ。どうやらそうらしい。つまりあそこにある。横の長さ二メートルばかり、高さはそれより少し長い一枚の鏡板が、それにあたるらしい。半円型を作っているところを見ると、どうやら横の長さの中心から縦の軸をつけて、ぐるりと回転する……そういう仕掛けだ。それが開く時、板の下端が部屋の中の絨毯の毛足をこすりつけて、片側に寝せる。それが何度もくりかえされるうちに、こういう毛の癖ができてしまったものらしい。また、そのために、ここにはなにも置くことができなかった。おれの理解したのは、ここまででで……」

　呉はその鏡板の前まで歩み寄りながら、続けた。

「……さて、それではどうして、この鏡板を開けるかということになると、おれもよくわからないのだが……」

　勝浦がつかつかと大股で、同じように壁に歩み寄った。問題の扉となる板壁と、次のむかって右手の板壁の境の、わずかの縦の溝の前だった。

「しかし、そうならば、ここを端にして開くはずだから……」

　彼は力いっぱい、扉になるはずの板を押す。だが、それはびくともしなかった。

勝浦は二、三歩、後退して、今度は助走をつけ、体ごとぶつかって行った。やはり同じ。

「川光のことだ、なにか大時代の小説か映画にあるみたいに、どこかに隠しのポッチがあって、それを押すと開くというような仕掛けなんだろうが……」

だが、勝浦はそんな呉の言葉など半ば耳に入らないように、むきな感じ。

隙間の溝に目を寄せる。

それに沿って、少しずつ目をさげながら、腰をかがめて行く。やがて声があがった。

「おいっ、ここにロックのボルトらしい黒い物が見える！　こいつをなんとかひっこめれば、ここは開くはずだが……」

勝浦は部屋の後ろを見まわすと、一角にあるこれもまたインド製らしいチーク材の小卓に目を止めた。大股にそこに歩み寄る。

その上にはインドの小物骨董、民芸品らしいものが、こまごまと飾られていた。

勝浦はその上を、いそいで見まわすと、長さ二十センチに満たない、小刀状のものを持って来た。刀身は薄く、刃もついていない、ペーパー・ナイフかと思われるもの。

「案外、ロックのボルトはわやな感じだ。どのみち、外からはわからないから、それ以上の用心は必要ないと思ったんだろう。うまくいくかも知れない……」

いいながら、勝浦は床に片方の脚をひざまずかせると、刀身をドアの隙間に突っ込んだ。

「勝浦さんはそういうことにも、ベテランのかたとは、驚いたわ」

秋江が後ろで皮肉る。だが、勝浦はそれに答えず、作業に熱中し始めた。

「うまく、いきそうだぞ……」

勝浦が刀身を微妙にホールドしようと、体を横にねじる。歯を食いしばった顔を、右手に立つ義信に見せる。

一分そこそこで、勝浦は声をあげた。

「やった！　ボルトをひっこめた！　おい、義信君、君はこのナイフをこのまま、しっかりとホールドしてくれ。おれが扉を押し開ける。ただし用心が第一……」

勝浦は服の裏の胸ポケットから、また拳銃を取り出し、義信の左でかまえた。そして義信の頭の上から右手を伸ばして、鏡板の端を押す。

呉の予想したとおりだった。板は横の長さの真ん中を軸にして、片半分がゆっくりとむこうに動き始めたのだ。

同時に板の反対端が部屋のほうに押し出て来て、その下端は絨毯を嘗め始める。

かがみ腰になり、ナイフを保持していた義信は、ちょっと空虚をついたような格好で、前にのめる。だが、次の瞬間には、すばやく勝浦の姿が横手から中に、滑り込んでいた。

危うく勝浦の足に鼻を突きそうになって、ようやく義信はバランスをもどして、立ち上がる。

なにか強力なバネ仕掛けでもあるのか、初めはゆるゆるしていた扉の動きは、その頃から急速に加速して、壁の線と直角になり、隠し部屋のむこうの壁すれすれを通過して、反時計まわりにむこうにむかって行く。

「あっ、勝浦さん、このままだと、また閉まってしまう……」

「ああ、あそこに、この部屋の、照明スイッチらしいものがある！」

二人がそれぞれのことをいっている間に、扉は半回転して、またぴたりと閉まり、同時に中に明りがつく。

天井に一列に裸の蛍光灯が並んでいた。その下で、勝浦は両脚を開き、拳銃をかまえて、部屋のむこうのほうをすばやい視線で嘗める。

隠し部屋の形は、すぐ理解できた。

呉の考えたとおり、北から南に並ぶ二階の三室の部屋の東端すべてに突き通しで、幅一メートル七、八十の廊下状の空間が見通せたのだ。

見通せたということは、これという大きい物はなに一つなかったということでもある。

ダンボールの箱がいくつか、木片、パッキング用ビニールとも思われるもの等が、床上に散らばっているだけ。

人の影はない。

それでも勝浦はかなり慎重な足どりで、銃を構えたまま、南奥へと進んで行った。

外側は次の部屋のちょうど南端と思われる所で、足を止める。

「義信君、来てみろ」

彼の銃口が、ちょっと大きなダンボール箱のむこうをさして、小さく動いていた。

歩み寄った義信は、目を見張った。

そこにはウレタンのマットレス、その上に、紺色のスリーピング・バッグ、そしてその横にはなにかの食料でも入っていたらしい。いくつかの空き袋、そして、漫画週刊誌数冊等が、散乱していたのである。

「誰かいた……！」

「いたではなく、まだいる……だろう。だが、奴は、今、ここを出て、建物の中の別の所にいる……」

「問題の光一でしょうか……」

「その可能性が高いな。こんなところにとじこめられていたとすると、彼はそうとう狂暴な狂いかたをしているのか……」

「いや、このようすは、なにか仮にここに寝ていたという感じじゃありませんか」

「君はさっきもちらちらと、ミステリー小説仕込みの探偵の才能のあるところを見せている。あるいは、そうかも知れないが……」

「光一だったら、南側に、彼のりっぱな部屋があるんだし、こんな所にとじこめられているのは、なにかへんな感じもしますし……。だから、ここにいたのは、あるいは、まったく別の人間かも知れません。だったら、ここにこういう形で、潜伏していたこともわかりますが……」

床から目をあげた義信は、南端のほうにも、今入って来たのと、同じような扉を見た。そこの部屋にも、同じような鏡板があって、やはり入れるようになっているのか。

ドンドンと、外から扉を叩く音と声が聞こえ始めた。だが、言葉はほとんど聞こえない。

「呉が心配しているんだな……」

勝浦は、今、入って来た扉のほうに歩みもどりながらいう。

「……こちらから出る時は、別に人の目をはばかる必要はないのだから、開ける装置のスイッチ・ボタンは隠す必要はない……。ああ、あった、これだ」

勝浦は扉の左の壁に、そのボタンを簡単に見つけ出していた。押す。

板壁はまた、ほとんど音もなく、反時計まわりに開き始める。どうやら扉はこうして、ぐるぐるまわる仕掛けらしい。

勝浦は扉が壁に直角になる前に、その前を走り過ぎると、部屋の中に飛び出した。そして、手近にあった、高さ一メートルばかりのインドの女体像に飛びつく。腰を官能的に突き出した、インド独特の姿とポーズのものである。

彼はそれを力をこめて、突き倒した。

模倣製品か、それとも本物の材料が、もとからそういう性質であったのかはわからない。一部が欠け落ちたらしく、石の破片と粉が少し飛び散って、像は絨毯の上に倒れた。

そこに扉がせまって来てひっかかり、動きを止める。隠し部屋は開いたままになった。

「呉、中を覗いて見るがいい……」

勝浦は呉を隠し部屋の中に導きながら、中に入ってからのことも簡単に説明する。

呉がうなるようにいう。

「やはり砂川さんの想像したとおりか。ここには、いま一人の人間がいた……」

義信がおびえる声でいった。

「しかし、いったい何のために、こんな隠し部屋を作ったのか、なにか、まだ、いま一つ、良くわからないような……」

だが、勝浦はそのことには、あまり気にならないようす。

「変わり者の川光だ。その精神状態だって、はなはだあやしい。こんな馬鹿げたものを作ることだってわからないではない。義信君はまだ疑惑を持っているようだが、ここにいたのは、やはり、そういうおやじの血を受けたせがれの光一で、高森のいった以上に狂気、それも凶悪な狂気なのかも……」

スリーピング・バッグのそばに歩み寄った呉が、下にある週刊誌を見下ろしながらいった。

「ああ、ここに隠れていたのは、彼である可能性が高いようだ。少年漫画週刊誌なんかを見ていたところでも、その年齢や人間が想像がつく」

「ここが、こういうふうに、おれたちにあばかれた以上、奴はこの建物のどこか別の所に隠れるほかはない。しかし、奴はこの建物内部は自分の掌のように知っているはずだとすると……話はいささかやっかいだな」

義信が口を入れた。

「勝浦さん、しかし、ひょっとしたら、光一はもうこのビラから逃げて行ったのでは？ つい今、呉さんがこの建物の外観を見に、玄関のドアを開けて、ロックをはずしっぱなしにして行ったという、ふとした隙もあったはずですし……」

「口を入れて、もうしわけないけど……」あとから静かなようすで入って来た秋江が、声を入れた。

「……まず、その可能性はなさそうね。呉さんがなにもいわず、玄関から飛び出して行ったのを、私はあとからついて行ったので、よく見ていたし、それからあとも、あなたたちが出て来るまで、あのホールに立っていたのよ。その間、あの玄関から誰も出入りはなかったわ」

勝浦が答える。

「まず、光一はこのビラからは出て行かなかった。そう考えるほうがいい。といって、彼をこの中から見つけ出すことは、なかなかむずかしそうだ。へたに彼の姿を深追いして、その隙を狙われて逆襲されるよりは、なるべくみんながかたまっていて、いつもすぐ互いに連絡がつく形で防御態勢をとったほうが賢明らしい。義信君、君はこれからは呉の部屋に移れ。そしておれはあの廊下、砂川嬢はあの部屋にいれば、あの二階の南の一角にみんながかたまり合った安全な形でいることになる」

呉がそれに続いていった。クマの純重さを漂わせておちついていた彼も、かなりの緊張の声になっていた。

「それから、各部屋、廊下の照明は、すべてつけておこう。暗がりが少ないほど、彼が隠れる場所も少ないし、こちらも不意を襲われる危険が少ない」

秋江はエレガンスにひややかだった。

「とんだ、十三日の金曜日ふうになったものね。でも、私にはどうでもいいこと。もし次には、その殺人狂が私を狙ってくれるというなら、私自身、自殺する手がはぶけることになるし」

「そいつは、ほんとうに君がまだ死ぬ決心でいるとすればだがな。おれはそんな話は、必ずしも信じちゃあいない。あんたはまだ、なにかおかしなところがある。なにか隠しているか、企んでいるか……おれには、そう思われてならない」

勝浦の鋭く光る目の中には、まだまだ秋江への疑いを隠し切れないという色がいっぱいだった。

5

境のドアでひそやかなノックの音がした。もう九時をまわっていた。

夕方の食事の準備は義信一人がしなければならなかった。

そして、それができると、勝浦に呉、秋江をホールの大テーブルに呼びおろしてもらい、不気味な静けさにかこまれての夕食。

それが小一時間ばかり続き、そのあと、義信がかたづけを終わって、呉の部屋に入ったのが、八時四十分頃。

呉は窓の下に置かれたライティング・デスクの前にすわって、なにやら分厚そうな本を開いて読書。ここに携えて来たものだった。

だが、しばらくするうちに、デスクの明りを消して、腕をくみ、目をつぶっての瞑想。ここに来る車の中でも、大部分の時間は、彼はそのポーズでいたのを、義信は思い出す。彼独特のようすにもどったといえば、そうである。だが、今はその瞑想が特別深いようにも感じられた。あるいは事件について、考えているのかも知れない。

秋江の部屋との境のドアからのノックは、それがずいぶん続いたあとのことだった。

「呉さん、砂川さんらしいですが、入れていいですか？」

呉は椅子にすわった背中を、義信にむけたまま、うなずく。

義信が返事をする。入って来た秋江は、ソファーにすわる義信に近づきながらいう。

「できれば、外の廊下にいる勝浦さんには、今、私がここにいることは知られたくないんだけれど……」

いつもなにか危険をはらんだ彼女の話を聞くのを、義信は避けたいような気持ちであった。

しかし、彼女の指摘したいくつかのことは、真実らしいことも確かであった。

ここにいま一人の人間が潜伏しているらしいことも、隠し部屋のあることも、それが光一ではないかと疑われることも、そして、もっともいやな指摘は、ルリ子が勝浦と関係あるという暴露であった。

それはさっき、勝浦がついうっかり彼女を呼び捨てたことでも立証された……。

そして、そういわれて、ルリ子と知り合ってからこれまでのことを、冷静に回想すると、いろいろと思いあたることに気づくのだ。

「勝浦さんに秘密というような話なら、あまり聞きたくないんだけどな……」

義信は重たい声で答えた。

「ええ、義信さんの気持ちはわかるけど、でも、今度はむしろ話はあなたにではなく、呉さんにしたいの。さっきの隠し部屋の発見のことでも、呉さんが勝浦さんよりも、じっくりと確実に物を考える人だということが理解いったから、きっとわかってもらえると思うの。呉さん……」

呉は秋江が入って来ても、ちらりと彼女に視線を投げただけ。また机にむかっての瞑想のポーズ。そして、今、秋江に声をかけられても、ふりかえろうとしない。

「呉さん、砂川さんはあなたに話があるといって来たんですが……」

義信の横から出した言葉に、彼はようやく椅子ごと体を動かした。ソファーにすわった秋江のほうにむく。

「……勝浦さんは、確かに頭の回転と実際行動はシャープかも知れない。だけど、それに溺れて、独断的な傾向があるから、なかなか私のいうことも聞いてくれないわ。だけど、呉さんは、とても考え深そうな人だから、きっと、私のいうことも冷静に判断してくれると思うの」

「おれを買いかぶってもらっても困る。考え深いというやつは、考えに考えを重ねて、けっきょくは現実的でない理屈と空想をもてあそんでいるだけになる。おれもそうだと、よくいわれる」

「でも、今度の計画の大本《おおもと》を考えたのも、あなたらしいし……」

「ナンセンスな空想に、どういうわけか、沢木さんが飛びついて……」途中まで言って呉ははっとしたようす。

「……誰がそんなことをいった？」

秋江がうっかりと口を滑らせたことに、義信はひやりとした。

彼女もそれに気がついたにちがいない。だが、驚くほど涼しい顔。

「死といっしょにいる人間というのは、恐ろしいほど、頭が澄みかえっていて、いってみれば、超能力が働くっていったでしょ。このビラにまだ人がいることだって、隠し部屋があることだって、自分でも驚くような、爽やかな感覚で、ピンとわかったのよ。その感覚でいうんだけど……」

「勝浦がだめだったからって、今度はおれをくどき落そうたって、むだだぜ」

「でも、聞くくらいは、してくれるでしょ？」

「まあな」

「いったい、どうして、沢木さんという、あなたたちの英雄がここに来るのに、こんなに時間をあけなければいけないというの？　あなたたちのやったことというのは、この前もいったように、多分、銀行強盗かなにかで、その奪った金をここに持ってくるのが沢木さん。私はそう見当をつけているんだけど……」

義信はやきもきしていた。

せっかく約束させたのに、けっきょくまた、秋江は暴露的なことをいい出しているのだ。呉の反応が、勝浦のようにぴりぴりしていないだけが、救いだったが……。

「確かに、冴えた特殊感覚の状態らしいな。まあ、話は、あなたの感じたようなものだが……」

「でも、私にはわからないのよ。そんなにまでその金を、ここに持って来るのが、沢木さんはむずかしい状態だというの？　なにか、事情はあるんでしょうけど、でも、それは沢木さんが一方的にいっているだけで、ともかく、あなたたちははんぱな状態で、しかもこんな所で、二人の仲間の死と、一人の姿なき殺人者と、おまけになにかと干渉するやっかいなおしゃべり女を抱えていて、なんの疑問も感じないというの？　あなたたちはおかしなくらい、沢木さんという人を英雄視しているために、そのへんのことになると、ポッカリと判断力がなくなっているみたい」

「おれは沢木さんなんか、英雄視していない。そうなのは、ほかのやつらだけだ」

「じゃあ、はっきりいうわ。その沢木さんという人、このままここに来ないで、あなたたちを、すっぽかしてもいいんじゃない？　もちろん、それで手に入れた金を全部独りじめよ。ここに隠れていて、自分の来るのを待っていろという、あらかじめの計画だって、あなたたちがすぐ騒ぎ立てるのを防ぐため、また、その間に、絶対わからない所にお金を隠すため。そういう時間稼ぎとは考えられない？」

呉が珍しく、少し笑みらしいものを顔に浮かべた。

「君の死とともにあるという鋭敏な感覚も、どうやらあまりあてにはならないらしいな。いいや、ここに隠れて時間を待つのは、そんな意味じゃあ、まったくない。絶対必要なことなんだ。君は実際のことを知るはずもないから、まあ、そう考えるのもむりはないが」

呉の意外なほどの自信に溢れた声に、秋江も当惑の表情。

「沢木さんという人を、英雄視してはいないというのに、けっきょくは、かなり信頼しているのね。でも、ここで、こうも次つぎとあなたの友だちが殺されていくということ、それをあなたは、銀行強盗とは無関係に起きたことと、そう思っているの？」

「それはどういう意味だ？」

「ともかく、あなたたちの仲間が一人でも減れば、あなたたちの分け前は、それだけ多くなることは、当然でしょ……」呉が口を開こうとするのを、秋江は強い調子で押さえつける。「……あなたたちは、どうやら通俗な犯罪小説や映画にあるような、計画成功後の仲間割れなどは、大学生エリートとして、絶対やるまいと誓い合っているみたいね。だけど、通俗という土根性《どこんじょう》には、エリートなんていう、ただ自分を誇るだけの虚栄なんか、なんの意味もないのよ。通俗こそ、人生を生きる王道よ」

「いうね。つまり、沢木さんが、その大通俗の裏切りをやろうと……」

「沢木さんじゃなくて、ほかの仲間の誰かでもいいわ」

「ほかの仲間の誰か？」

「そうよ、ここにいる誰かだって、おかしくないでしょ？」

「馬鹿馬鹿しい！」だが、呉はそんな仮定など、信じられないというようすから、少し真顔になった。

「……とすると、ともかくあなたは、二人が殺されたことは、光一のような男がただその狂気を爆発させたというような、偶発的なことではないというのか？」

「あなたたちは、たとえ仲間が殺されても、それをすぐ警察に届け出るというわけにはいかないわ。そうかといって、ここからそうあっさりと逃げ出すわけにもいかない。現にそうしているわ。だから殺人者は、これからもゆっくりと、次の仕事ができるという、絶対の条件が続いている。そういわせてもらおうかしら」

「だが……だが、すると君はここにひそんでいる光一か、あるいはほかの誰かが、あらかじめいま一人と組んでいて……」

「これは単なる一つの仮定よ。でも、あなたは勝浦さんのように、沢木さんという人を英雄視もしていないというからいわせてもらうの。今までの二つの殺人は、光一がここにあなたたちが侵入して来たことに、カッとなってやったんじゃない。そうかといって、ただの狂気でやったんでもない。なにか裏で糸を引いている者がある。そう考えることもできるんじゃないかしら」

　呉はほんの数秒の間、沈黙した。それから、ゆっくりと口を開く。

「その糸を引いている誰かが、どこで、川光のせがれと、そういう接触をつけたのか……」

「そのへんのことは、じっくり考えるタイプらしい、あなたにまかせるわ」

考え深そうな呉もかなり、秋江に引っ張りまわされる形。

「しかし、そうなると……」

「可能性としては、糸を引いているのは、沢木さんというのが一番大きいけど、でも、例えば勝浦さんがそうかも知れないいし、いいえ、ひょっとしたらあなたかも知れないし、まさか義信さんではないでしょうけど、でも、頭からそうでないとはいい切れないし……」

呉の顔がしだいにこわばり始めた。

「とんでもないことをいう人だな。おれでないことは確かだし、義信君でないことも絶対だ……」

秋江は微笑の顔を義信にむけた。

「義信さん、あなたはよっぽど、みんなに信用があるのか、それともまだ子供だと思われているのか……。ともかく、呉さん、まだ考えがつかないというなら、一番わかりやすい方法は、次に誰が殺されるかを待てばいいのかも。そうすれば、残るのはあと二人と沢木さんと、話はずっと絞られるわ」

「冗談じゃない！　これ以上、人が殺されてたまるか！　おれだって、なんとか早くこの状況から脱け出したいんだ！」

「ねえ、呉さん……」秋江の調子はちょっとあらたまった。「……これは勝浦さんの邪推するような、あなたたちの仲間割れを狙っての質問じゃないの。素朴な疑問としてきくんだけど、なのに、どうして、あなたは、いつまでもこんな状態の中にがんばり続けているというの？　あなたはずいぶん考え深そうな人らしいのに？」

「あなたには、今度のことが良くわかっていない。だから、そう考えるのかも知れないが……」呉はまじめそうに答えてから、ふと、また別の思いに襲われたように、調子をあらためた。「……それにおれは、金が欲しいんだ。それもごっそりと。初めは、おれの思いつきがどれほどうまくできるか、試してみたいという好奇心もかなりあった。しかし、それでほんとうに、そうとうの大金が手に入れられるとわかってからは、むしろそのほうが主になった……」彼の声はかなり独白調子になる。「……今の資本主義、体制主義の世の中は、本格的な美というやつは、金がなければ創作することもできないし、また手に入れることもできないっていう……せちがらく、みじめなことになっているんだ。いくらおれが頭の中で美を追求していたってそれは、ただの抽象的な幻だ。この目に、この手に、この胸に、現実に美を触感しよう……つまり、実際に手に入れるとか、または自分で作り上げるということになると、大金持ちや資本家や権力者をスポンサーにこびへつらって、なんとか彼等の援助を手にいれなければいけない、というのが現実なんだ」

「ああ、呉さんがいつもなにか考えているポーズ。その頭の中では、そういう考えが駆けめぐっているのね。でも、あなたのいうこと、わかるわ。ずいぶん趣味の悪い、邪道の美の追求だとしても、川光がそれなりにインド美術のコレクションができたり、こんなビラが建てられたのも、やはりその金のおかげかも知れないもの」

「そうだ。だが、美は真だ。だったら、その真の追求のためには、今度のように、ただ単に金持ちになっているようなやつは、どんなにだましてもいい。金をふんだくってもいい。これは真実を追求する者の正当な権利だ。おれはそう決心したんだ……とカッコイイことをいったが、これは金が欲しいというおれの単純な欲望のための、今ここでの理論武装かも……」

「つまり、審美的ラスコーリニコフとでもいうわけ？」

「ああ、『罪と罰』の、あの主人公の……」呉はにやりとした。「……なるほど、そういったところかもな……」

いきなり廊下に開くドアが、突き開けられた。勝浦が仁王立ちになっていた。

「そうか！　砂川嬢のご訪問だったのか！　どうも、中でごそごそ話し声がする。そのうち、だんだん声が高くなってくる。変な感じだと思っていたが！　おれが断固とした態度だと見て取ると、今度は呉を崩しにかかったというわけか？」

秋江はほんの少しばかり狼狽のようす。だが、すぐに、あのいつもの爽やかに気丈な態度にもどった。

「そうよ。呉さんなら、じっくりした判断力を持っていると思ったからよ」

「呉、この女の言葉になんか、いっさい耳を貸すな。こいつは悪女だ。しかも死神をせおった悪女だ。その上、おまえと違って、口が立つときている」

「ああ、おれより確かに口が立つ。いや、口ばかりじゃない。考えることも、おれよりうわてかも知れない。ただし……」呉はちょっと言葉を切ってから続けた。「……だが、その話は聞けば聞くほど、ナンセンスになるっていうことも、また、ほんとうらしい」

呉のその言葉で、勝浦も少し気持ちをやわらげたのか、語調がダウンした。

「ああ、そのとおりだ。さあ、砂川嬢、ご退場いただこうじゃないか」

「ええ、そうさせていただきますわ」

秋江はほほえんで立ち上がった。

第五章　死体は運ばれた?

1

いつの間にか曇り始めて、いつの間に雪が降り出したのか。

きのうは夜半まで晴れていたのに、朝、義信がカーテンを引いて見ると、小さな鉄格子の窓の外には、また白いものがちらついていた。

身をかがめて、わずかに見た頭上の空も、見通せる大気も、陰鬱に鉛色。暖炉に放り込んだ薪《まき》もほぼ燃えつきて、部屋の温度までが鉛色に薄寒くなった感じ。

「お人良しのコックさん。ともかく、あなたも私も、それから勝浦さんも、無事に、一晩を生きのびたようね。勝浦さんは、今、ここに来る時、前を通ったけど、目を血走らせて、ともかくあの廊下の椅子でがんばっていたもの」

義信が下のキッチンにおりて、朝食のしたくにとりかかろうとしていると、秋江があいかわらずの調子で入って来た。

「……それで、呉さんのほうは、どうなの？」

「元気ですよ。僕はベッドに寝なくてもいいというのに、おれはタフだから大丈夫と、デスクの前の椅子にすわったまま、仮眠をとったようです」

「呉さんも勝浦さんも、緊張しているんですものね？　でも、ぼつぼつ限界じゃないかしら？　まだ見ぬ英雄の沢木さんが、今日あたりには来てくれないことには。でも、勝浦さんはともかく、呉さんも、別の意味で、かなり頑固のようね」

「砂川さん、もうよけいなことはいわないと、僕に約束してくれたのに、どうして、きのうの夜も、ああ、ずけずけいうことをやめないんです？」

義信の鋭い言葉に、秋江は慌てた。

「ごめん。私の持って生まれた負けん気というのかしら……。つい、いってしまうのよ」

「あんなようすじゃ、僕には、あなたがまだ死ぬ気でいるとは、とても思えません。そして、そうなら、なおさらのこと、あまり勝浦さんや呉さんのことを刺激する言動は、やめてほしいものです」

「あいかわらず、私のことを心配していてくれるのね……」そして、彼女は話はうやむやにするように、快活に声をかけた。「……さあ、あなたの朝食のしたくを手伝うわ」

昼間だが、全部、照明をつけたビラ内だ。ホールもあかあかとしていたが、二つの死体と一人の影なき殺人者を抱え、外は暗鬱に静まり返る雪の天候とあっては、溢れる光も、いたずらにむなしい。

そんな中の大テーブルに、義信は秋江の手伝いで朝食を整えると、廊下の勝浦にむかって声をかけた。

朝食といっても、もう十時過ぎ。兼昼食の感じ。

勝浦は立ち上がって、呉の部屋のドアを開け、声を入れてから、下におりて来る。

すぐに呉の姿も現われたが、かなり寝不足の感じ。重たそうな瞼の下から勝浦を見ると、ふきげんにきいた。

「沢木さんから、まだ連絡はないのかい？」

「ああ、まだだ」

「最後に電話があったのは、きのうの午後三時頃だ。もう十九時間近くにもなっているぞ」

「話がいよいよ、微妙な山場に来たからにちがいない……」勝浦はちらりと、秋江のほうに視線を流して続ける。「……ともかく、話はあとでしょう」

「だが、沢木さんはルリ子君が殺されたことも、おれたちがとんでもない姿なき殺人者を抱え込んでいることも、まるで知らないんだ。もし聞いたら、また話は違ってくるかも……」

「おいっ、やめろ！」とうとう、勝浦は怒り声をあげた。「……話はこの知りたがりやの砂川嬢のいない所でしようといってるんだ！」

秋江が口を入れた。

「もし、よろしかったら、私、パンとコーヒーだけ持たせていただいて、部屋にもどりましょうか？」

「いや、けっこう。呉、わかったな？」

「ああ、わかった。だが……」呉も執拗になっている。「……四日というタイム・リミットには、もう残すところ、あと一日になってしまっている。もしそれが過ぎても……」

勝浦がおおいかぶせた。

「呉、おまえまで、なにか変な話をこの砂川嬢に吹き込まれたというのか!?　きのうの夜!?」

「吹き込まれたわけじゃない。だが、勝浦、彼女、今、見せている以上に、利口な女かも知れないぞ。おれでも太刀打ちできないような……」

「利口さということでは、おまえより劣るさ。ただ、女は悪女であるということで、男のまねできない質《たち》の悪い利口さを持っているからな。よしっ、わかった。そんなにいそいで話したいことがあるというなら、おれたち二人が上の廊下に、食い物を持って行って、話そうじゃないか？」

とうとう勝浦も折れたようだ。テーブルに置いた朝食を盆に移すと、つれだって階段をあがって行く。

「おやおや、義信君は仲間はずれなの？」

秋江がひやかす。

「そういう皮肉は、僕だけにしてください。あの二人、かなりナーバスになっているようですから」

「じゃあ、あなたはナーバスになっていないというの？　つまり、みんなの中では一番、度胸があるわけね？」

意外なことをいわれて、義信は戸惑う。

そういえば、あるいはそうかも知れない。

だが、それは……手のつけられない秋江の直進的な言動のほうが気がかりで、そんな気持ちになっている余裕がないため……。

しかし、だとすると、なぜ僕はこうまで、彼女にこだわるのだろう？　もともと人が良いこと……これはまあ、馬鹿坊っちゃんの育ちだから、認めなければいけないが……それにしても……。

二階でごそごそ話し始めていた二人の話の中から、急速に大きな声が盛り上がって来た。勝浦の声だった。

「そんな！　おまえ、まさか、あの女のそんな馬鹿げた話を信じちゃいまいな!?」

義信は思わず秋江の顔を見た。

きのうの夜、部屋に忍び込んで来て、秋江がいった沢木への疑惑を、そしてあるいは勝浦に対しての疑問まで、呉はいってしまったのかも知れない。

秋江はグレープフルーツ・ジュースのコップから、唇をはなして、二階の張り出しの廊下のほうに頭をあげる。さすがに、その顔にはかなりの緊張があった。

だが、呉の答える声はまだおちついていたので、言葉までは聞こえなかった。

勝浦もそれで、自分がつい大きい声を出したのに気がついたのだろう。声を落す。

また、しばらくはごそごそした会話が続き、今度は呉の怒鳴り声があがった。激怒し始めると、この前ルリ子をたしなめたのと同じように、すごみが出る。

「……だが、おれはおまえの、お付きの召使いじゃないんだ!!」

「待て！　待てよ」勝浦の今度の声は慌てているために、押さえがきかなくなっていた。「……ほかのみんながいれば、そうは受け取れないはずなんだが……みんな、ああいうことになっちまって……しかし、おれはまとめ役ということになっているから、そうも感じられるかも知れないが……」

勝浦の声はすぐにまた低くなって、聞き取れなくなった。

しばらくの間、義信と秋江は再びもくもくと食事。

また、呉の怒鳴る声がふり落ちてきた。今度はもうがまんの限界を越えたという、爆発する声だった。

「笑わせるな！　残ったのは二人なら、けっきょくは、おまえが主《あるじ》で、おれが従者！　そんなのは拒否だ！」

「拒否でもなんでも、おれは命令する！」

「勝手に空中に命令してろ！」

義信はもうたまりかねた。口にくわえたパンを皿に放り投げ、階段にむかって走り出す。

彼等が何を怒鳴り合っているのかわからなかったが、ただいっさんに階段を駆け上がる。

立ったまま睨《にら》み合っている二人の所に走り寄りながら叫ぶ。

「やめてください！　仲間割れはいっさい禁物だと、約束し合ったんじゃありませんか!?」

　思いがけない人物の仲裁に、呉も勝浦もあっけにとられたように、義信のほうをふりかえる。

「これじゃあ、みんなの中では僕が、一番冷静ということになるじゃありませんか!?」

　固着していた勝浦の顔が、急に笑いに崩れた。

「まったくだ！　義信君が一番クールだ。おい、呉、おまえはおれがリーダーであることに、だいぶ不満足のようだから、いっそのこと、義信君になってもらうか？　それなら、おれにも文句はない」

　呉の固い表情にも、ちょっと苦笑いのようなものが浮かぶ。

「そいつもまた、悪くない考えだな」

　義信はこの奇妙な雰囲気にたじろいだ。

　羞恥の色をちょっとまじえて、答える。

「冗談じゃありません。僕にはそんなリーダーなんていう資格はありませんがね。ともかく、沢木さんを信頼して、今日一日はじっと待ちましょう。なにか善後策を考えるにしても、議論するにしても、それを過ぎてから、それまではなにも考えない、なにもしない。そういうことじゃあないでしょうか？　むしろ、緊急の問題は、ここに隠れていて……ひょっとしたら、次の犠牲者を狙っている人間の襲撃を警戒することじゃあ？」

呉が興奮をおさめた。野太い声で答えた。

「勝浦、こいつはやっぱり義信君のほうが、リーダーの資格があるぜ。現状をもっとも冷静に判断している。義信君、わかった。そうしよう」

勝浦もそのあとに続いた。

「ああ、我が仮リーダーの忠告をきいて、互いに自分の身辺を警戒しながら、沢木さんの連絡を待つか……」

2

外は、あいかわらず、しめやかな雪らしかった。

キッチンから、二階の呉の部屋にあがって来る前に、義信はシンクの前の小さなクリスタル・ガラスの窓をちょっと開けて、さっきと同じような動きで、雪が舞い続けているのを見たのだ。

義信の仲裁で、ビラの中は一時の穏やかさをとりもどした感じであった。

しかし、時間がたつにつれて、その静寂の中に、しだいに不吉ななにかが……いらだたしさをまじえた不吉ななにかが、外の雪と同じように堆積し始めていた。

　こちらに背を向けて、デスクにむかって本を開いている呉の背中にも、その感じをひしひしと受け止めていることが、隠し切れなかった。ほんとうに読書に熱中しているとは、とても思われない。

　とうとう、それを裏書きするように、呉がソファーにすわる義信のほうに、身をまわしていった。腕時計を見ていた。

「もう、三時過ぎだぞ。沢木さん、最後の連絡を入れてから、まる一日を過ぎている」

「ともかく、おちつきましょう。じたばたすることが、この状況では一番いけない感じです」

「義信君に説教されるとはな……」呉はまたもや苦笑。「……まあ君がおちついていられるのは、むりもないがな……」

　再びデスクにむかって、呉は本に目を落し始めた。だが、やはり読書の気持ちにはなれなかったらしい。とうとう大きく溜息をつくと、目をつぶり、腕を組んで、あの独特の姿勢になってしまった。

　そしてまた、鉛色の不吉な空気が、静寂の中にその色を濃くして……

　電話のブザーが、ドアのむこうから籠もった音で、聞こえ始めたのは、四時も半に近い頃だった。

呉は腕組みをほどき、椅子をきしませて立ち上がる。ドアのほうに駆けて行く。

義信もあとに続く。呉の横から、首を廊下に出す。

「わかりました……」

勝浦が顔いっぱいに喜びを浮かべて、返事をしていた。だが、それから真顔に一変した。

「……しかし、できるだけ早くしてください。実はあれからもまた、たいへんなことが起こって、僕たちは限界の状況……もしもし……もしもし……」

勝浦の顔がこわばった。

「……もしもし！　もしもし……」

どうやら、途中で電話は切れてしまったか、それとも、切られてしまったか……。

勝浦は受話器をにらみ、それからもう一度、「もしもし……」と呼びかけてから、もとにもどした。

「待ってくれ、かけなおしてきてくれるかも知れない……」

二分ばかり、義信たちも勝浦につきあって、沈黙して電話機を見つめていた。だが、もうブザーは鳴らなかった。

ようやく勝浦もあきらめたらしい。顔をあげた。しかし、喜びの表情。

「呉、成功したそうだ！　成功だ！」

「ほんとうか？」

「ああ、もうすぐ車を運転して、東京を出発するそうだ。しかし、なにかまだ緊急のことが残っているらしい。こっちのことは話せないうちに、切られてしまったが……。だが、まあ、いい、あと、ひと踏ん張りだ」

　勝浦は打って変わったような、楽天的なようす。

「沢木さんは、すぐ出発するといったが、いつ頃だと？」

「遅くとも、九時前には、こっちにつきたいといっていた」

「中央自動車道をすっ飛ばせば、そんなに時間はかからないんじゃ？」

「まだ、残っている用もあって、すぐ出発というわけにはいかないんだろう」

「まさか、そういって時間のばしじゃあ……」

「なんだ、その時間のばしというのは……？」きいてから、勝浦ははっとその意味を悟ったようだ。顔がこわばる。「……呉、おまえ、まさか、こうなっても、まだ沢木さんが……」

　呉もいささか慌てる。

「いや、ちょっと頭に浮かんだだけで……」

「まあ、いい。ともかく、そんなに遅くならないうちに、その結論も出るのだ……」

勝浦の視線は、義信たちの肩越しの少し遠くに投げられた。ふりかえった義信は、むこうの部屋のドア口から、秋江が半身を出しているのを見た。

「砂川嬢、聞いたろ。あんたの必死の突き崩しの策謀《さくぼう》も、どうやらむだになったようだ。沢木さんがもうすぐ来る」

秋江はほほえみかえした。

「仮のおめでとうを、いっておきましょう。ほんとうにあなたたちの英雄の姿を見るまでは、呉さんが今いった可能性も、残っているかも知れないでしょ」

「なんとでも、吠えているがいい。呉、ともかく慎《つつし》み深く、砂川嬢のいうとおり、仮の祝というやつを、やろうじゃないか？　義信君、酒類はかなり残してあるはずだろ？　もう、あとに残すこともなさそうだ。そいつをふんだんに出して、祝の晩餐といこうじゃないか？」

勝浦の視線は、またむこうの部屋のドア口に行く。

「砂川嬢、あなたの非協力にも感謝して、晩餐にはまた招待する。しかし、最後のわずかの間に、つまらないちょっかいをかけられるのもかなわない。こちらが呼ぶまでは、おとなしく部屋にひきこもっていてくれ。義信君、一人で悪いが、食事のしたくを頼む」

勝浦はこれまでの焦慮をきれいに吹き飛ばして、むしろ上ずった陽気さでさえあった。

義信は下のキッチンにおりて、すぐしたくを始めた。したくの途中で一度、彼はシンクの上の小窓を開けて外を見てみた。もうすっかり暗くなっていた。

雪は降っているのか、そうでないのかも、もうよくわからない。ということは、降っていても、たいしたものではないにちがいなかった。

六時二十分というところか。義信はひととおりの物を、テーブルに並べて、張り出し廊下の勝浦にむかって、食事用意終了の声をかけた。

勝浦が呉と秋江の部屋に、ドアからちょっと首を突っ込んで、それを伝達すると、すぐホールにおりて来た。

秋江が階段をおりて来たのは、それから二、三分ばかりたってだろうか。あの、おとといの夜の、イブニング・ドレスに着飾っていた。

「ご正装で、いたみいりますな。しかし、話に聞くと、それはあなたにとっては、死のドレスだったとか。今度はおれたちへの皮肉かな」

「いいえ、初めの時に着た意味と同じよ。自分の死体を少しでも美しく見せたいため」

「まだあんたは自殺する決心だと、主張するのかい？」

「いいえ、そんな主張なんかしてないわ。でも、いずれにしても、私は死ぬんですもの。つまり殺されるということ」

「殺される？」

「そう、あなたたちに？」

「おれたちに」

「そうじゃなくて？　だって、これで沢木さんが現われて、無事に強盗した金の分配が終わり、あなたたちがここを出る時、私のことはどうするというの？」

「だから、それは仮のディールができているはずじゃないか？」

「仮のね、でも、そのディールは、どう考えても、私のほうが有利で、あなたたちのほうが不利なような感じだったじゃないの？」

「そいつは、沢木さんが来てから、もっと詰めてみよう。なにも、そう先をいそぐことはないじゃないか？」

そうなのである。なにも先をいそいで、わざわざ彼女自身が、ここでその問題を持ち出すこともない。かえって、それで彼女は、自分の首にかかった紐をしめるように、勝浦を触発しているようなものだ。

義信は思わず口を入れていた。

「砂川さん、そんな馬鹿げた話はやめて、食事にしましょう。少しは腕によりをかけたつもりですから」

「ありがとう……」秋江は柔らかに笑みを投げると、また、勝浦にむきなおった。「……でも、このへんで、話をきっちりと、きめておかなければならないんじゃないかしら。そうでないと、義信君のせっかくのお料理も、おいしく食べられなくなるわ。勝浦さん、ともかく足掛け三日もあなたたちと、ここでおつきあいをしたのよ。私が生きていれば、そうとう大物の銀行強盗らしい事件の犯人を、まちがいなく指摘できるし、また有罪に追い込める証人にもなるのよ……」

　勝浦のほうがたじろいでいた。

「待ってくれよ。確かに……それはそうかも知れないが……しかし、あんたがそうして、自分が不利になるようなことを、こうまであからさまにいうということは、けっきょくあんたは、死を覚悟している……そうとしか思えない。だったら、あんたをここに残して、おれたちは立ち去っても、どうということはない……」

「なにか、勝浦さんのほうが、私のために弁解してくれているようじゃあない？」

「なに、沢木さんが来れば、あの人のことだ、きっといい解決法を見つけ出してくれるにちがいない。さあ、食事だ。呉の奴、いやにゆっくりしているが……」

話をそらそうとして、呉の名を持ち出したようすから、勝浦はひきつった表情。

同時に、義信もはっとした。

そういえば、高森博の死が発見される直前と似た状況に、なっているではないか！

勝浦が後ろに椅子を倒すようにして立ち上がった。階段に歩き出す。初めは普通の足取りだったが、それから早足になり、階段はもう駆け上がっていた。

張り出し廊下を走る音。ドアが開かれ、呉の名が呼ばれる声。それがもう一度あって、ちょっとした静かさのあとで、はげしい足音が起こった。

勝浦の顔が、廊下の手摺から突き出た。

「おかしい！　呉がいないんだ！　部屋にいない！　むやみに建物の中を一人で歩きまわっちゃあいけないと、あれほどいっておいたのに！」

義信も秋江も、椅子を引いて立ち上がった。

秋江がしゃっきりした声で、上にむかって声を放り上げる。

「勝浦さん、呉さんが部屋から出て行ったとしたら、東側のほうしかないでしょう。そっちに行ってみて。私は義信君といっしょに、下の東側の廊下に出て、階段のほうに行けば、おりて来るあなたと挟み打ちという形になるでしょうし……」

義信は秋江とともにホールを横切り、ドアを開けて廊下に出る。

一つの漏れもなく照明をつけたままの廊下は、おそろしく明るかった。だが、そこには誰の人影もない。

その瞬間、遠くから……それも二階の遠くから、声が聞こえた。叫んでいる。はっきりとは聞き取れないが、勝浦らしい。すぐ来いといっている感じ……。

義信は南詰めの階段にむかって、ダッシュした。

階段の一番下に、足をかける。

だがイブニングの長い裾をもつれさせ、遅れて駆けて来る秋江を見て、そこで立ち止まる。彼女をほんのわずかの間でも、このビラの危険地帯に一人で置いておくのは、恐ろしい気持ちだったのだ。

すぐに秋江も追いつく。

「こっちだ！　たいへんだ！」

今度は、勝浦の叫ぶ声も、はっきりと聞こえた。

階段を駆け上がって、二階の廊下に飛び出した義信は、勝浦があの川光の部屋の前あたりに立っているのを見た。そして、その足元には、大きななにかの塊……。

急にのろい足取りになって、そこに近づきながら、義信はすでにその塊がなにかを、理解し始めていた。

「呉だ……呉だよ……もう……とっくに、だめになっているようだ……」

勝浦の言葉がうわ言のよう。

塊のそばには、大きなモンキースパナが落ちていた。

ひょっとしたら、それはきのうの夜、義信が見えない殺人者の姿を求めて、ビラの中を捜しまわった時、武器として手に持っていたものか。

そのあと、どこに置いたか？　ひょっとしたら、キッチンのシンク台の端のほうかも知れなかった……。

3

合掌して目をあげた義信は、いま一度、ユーティリティの床の上に並んだ三つの死体を、呆然とした思いで眺めた。

つい、おとといの夜、この三つの体は、みんな揃って生き生きと血を通わせて、ここに入って来たのである。だが今は、きれいな配列を作って、ただ置かれているというだけの物体。

そう思うと、義信は恐怖や気味悪さよりは、ただもう呆然の思いであった。

このビラには悪魔がいると、入って来る時、呉はいった。その予感は正しかったのだ。

だが悪魔は屋根の上に翔んでいたのではない。中にひそんでいたのだ。

悪魔……それは殺しの血に狂う、川口光一？

秋江にいわせれば、あるいはそうでない、殺し屋ともいうべき男？

奪った金の独りじめを狙って、沢木があらかじめ忍び込ませたという……。

そして、その沢木は今、奪った金をぶじに手に入れることに成功し、こっちにむかっているとしたら……。

残る二人は勝浦と義信、緊急にかたをつけなければいけないということにもなる……。

背中をつつかれて、義信は心臓が胸を突き破るような、ショックをおぼえた。いっしょに呉の体を運び込んで来て、そのまま後ろに立っていた勝浦だった。

「こんな所で、もたもたしていたら危険だ。いつ、どこから、気の狂った殺人者が飛び出して来るか、わかったものじゃあない。すぐホールにもどろう。あの女を一人にしておくのも、なんとなく危険な感じがする。どうも信用できない」

勝浦の声も、今は恐怖のこわばりに、細かく震えていた。

「彼女が危険で、信用できないという意味は……」

「そうだ、殺人者として危険だというんだ……」勝浦は廊下を斜めに横切って、ホールの入口のドアを開けながら続ける。「……考えてみるがいい。呉はなんで、あんな二階の北端近くの廊下まで行ったというんだ？　あんな危険地帯に、まさか隠れている光一に誘われて、のこのこ出かけたなどとは、考えられない。第一、その前に、光一の姿を見たら、ただちに声をあげて、おれたちに知らせるはずだ……」

「しかし、なにかの緊急の用とか、なにかに感づいたとか……。それで、呉さん自身が、ついうっかり独りであそこに行ったということも……」

ホールに歩み込むと、ちょうどキッチンのほうから、秋江の姿が出て来た。

勝浦の手が静かに服の胸裏ポケットに行き、拳銃を取り出した。銃口が彼女の動きを追う。

「砂川嬢、今、義信君に話していたところなんだが、どうも、おれは、やっぱりあなたが疑われてならない……」彼は、左手の腕時計にちらりと目を落した。

「……沢木さんが車で、もう一時間か一時間半で来るだろう。それまでは、そこのテーブルにすわって動かないことにしてもらう」

義信は当惑の顔を秋江にむける。

「勝浦さんは、あんな廊下の端まで呉さんを誘い出すことは、ここに隠れている殺人者には、できなかったというんです」

「だから、私が誘い出して、呉さんを殺したのではないかというの？　殺したのは、ここにひそんでいる、姿なき殺人者ではなく？」

勝浦が突き刺すような声で答えた。

「ああ、そうだ。ここに殺人者……あるいは川口光一かとも思われる男がひそんでいるなどという考えが始まったのは、あんたの巧みな誘導に、おれたちがはまりこんだところがある」

「まあ、私のせいにばかりなさるのね。あなたたちだって、光一という人の名を持ち出して、騒ぎ始めたのじゃなかった？」

「まあ、いい。こいつは水かけ論だ。ともかく、おれは今、呉のやられた所をよく見た。そりゃあ、おれは医者なんていうんじゃないから、詳しいことはいえない。だが、見たところ、頭を三度も、四度もスパナで殴《なぐ》られて死んだということぐらいはわかる。あんなヒステリックな手口は、女のやることだ」

秋江は軽くスカートをさばいて、テーブルの前の椅子にすわった。

「食事をいただきながら、あなたの私への告発を聞いてもいいかしら？」

「ああ、そこから動かない限りはな……」勝浦もまたテーブルの角を挟んで秋江の横にすわると、皿の横手に拳銃を置いて話し続ける。「……ともかく、あんたが呉をあの部屋から誘い出すことは簡単だった。彼との部屋の間にあるドアから入って、なにか特に人に聞かれたくない話があるからとかなんとか、もっともらしい理由を話せばいい。呉の奴、きのう以来、だいぶ君に籠絡されていた感じだからな。しかし、あるいは、外の廊下で変な物音がするから、ちょっといっしょに見に来てくれとかなんとか、そういう理由で誘い出したのかも知れない。呉は君の部屋に入り、そこから、階段のほうに開いた東側のドアから出れば、まったくおれたちの目に触れることはない」

「それは、いつのことだとおっしゃるの？」

「それは……」

秋江に対する憎悪《ぞうお》のほうが先行している勝浦だ。あまり彼女の犯行についての仮定を、しっかりと筋立てていないことを暴露し始めた。

「……おれが食事のしたくができたと声をかけ、すぐそのあと……」

テーブルを挟んで秋江の前にすわっていた義信が、異論をとなえた。

秋江をかばおうという、強い意思があったわけではない。ただ時間的におかしいという気持ちが、ほとんど反射的に湧き起こったのだ。

「しかし、勝浦さん、それにしては時間があまり短過ぎるような……。勝浦さんが砂川さんの部屋に首を突っこんで声をかけてから、砂川さんが現われるまで、あれで一、二分です。僕も下で見ていて知っていますし、勝浦さんだってわかっているはずです。勝浦さんが呼んでから、砂川さんは呉さんの部屋に行く。なにかの口実をつけて、呉さんをだます。そして、自分の部屋を通して、東側の廊下にいっしょに出て、廊下を通って、北詰めの所まで行って犯行をおかす。それからまた廊下を駆けもどって、自分の部屋にもどる。そして、今度は張り出し廊下に開くドアから出て来る。とても、一、二分でできることではないような……」

「いざとなると、君もなかなかミステリー・ファンの顔を出すな。待て！　待てよ！　おれは呉の倒れている姿を発見した時、すぐかがみこんで、彼の手首の脈を取った。その時、もう腕の肌はかなり冷たくて……なにか、もう十五分も二十分も前に死んだような感じがした。そうだ！　だから、呉が砂川嬢に殺されたのは、おれが夕食をしらせる前だったらいいじゃないか!?」

この勝浦の強引な仮定には、義信も悲鳴をあげる。

「そりゃ、むちゃですよ！　だって、勝浦さんが夕食のしたくができたと、部屋に頭を突っ込んで声をかけた時は、呉さんは部屋にいたんでしょ!?」

「そう……しかし、あの呉の体の冷えかたは……そうだ！　そうだよ！」勝浦は突然、また思いついたようだ。

「……おれは呉に声をかけたといっても、返事は聞いていないんだ！　ドアを開けて、頭を突っ込み、また閉めた。ただ、それだけなんだ」

「でも、その時、呉さんがいるのを見たんでしょ？」

勝浦は、瞬間、黙る。それから、強引な調子で答える。

「ああ、見た。だが、瞬間のことで、ただ、こちらに背中をむけて、奴の得意なポーズでなにか考えているように、デスクの前にすわっていたというだけだ。おまけに、なぜか天井の照明は消えていて、机のスタンド照明だけがついていただけだから、彼の顔だって、服装だって、ろくに見ているわけじゃない」

「でも、呉さんがいたことは、いたんでしょ？」

「そりゃあ、そうだが……」勝浦は瞬間、呆然とした顔から、また思いつきを得たようだ。

「……待て！　待てよ！　だが、おれの見たのは、椅子に人がすわっていたというだけで、それが誰かともいえなかったのだ。だとしたら、それは呉でなくったっていい」

「呉でなくたっていい……って、じゃあ、いったい誰だと？」

「高森だ。高森の死体だ！　それを運んで来て、あの椅子にすわらせればいい！」

義信は思わず、秋江と顔を見合わせた。彼女も、このとんでもない発想に、顔をひきつらせて驚いている。

義信は片頰に苦笑いの表情さえ、浮かべて答えた。

「勝浦さん、それはいくらなんでも、むちゃですよ！」

「しかし、おれはまるで呉の返事の声も聞いていない！　顔や服装も確認しちゃあいない！　見たのはただ背中をむけて、一人の人間があの椅子にいたというだけだ！　それがユーティリティーから運び込まれた、高森の死体でなかったとは、断言できないのだ。呉はおれに呼ばれるずっと前、そして義信君がキッチンにしたくにおりて来た直後に、砂川嬢に現場までつれて行かれて、殺された。そして、彼女は犯行後、ユーティリティーに行って、高森の死体を、部屋に運び込んであの椅子にすわらせた……」

あまりの勝浦のゴリ押しの仮定に、義信もはっきりとした語調で断定した。

「そんなことは不可能です。砂川さんは勝浦さんが、呉さんに声をかけたあと、一、二分して、僕たちの所に現われたんです。それからあとは、僕たちが呉さんの遺体を、ユーティリティーに運び込もうとするまで、ずっといっしょにいたんです。そして、運び込ん時は、もう高森さんの遺体は、ちゃんとユーティリティーにあったんです。だとしたら、砂川さんはあなたに声をかけられて、ホールの夕食におりて来る、一、二分の間に、呉さんの部屋に入り、椅子に腰かけさせておいた高森さんの遺体をかついで自分の部屋を通って、階段をおり、ユーティリティーにもどして、また二階にあがって……ということになります。そんなことは、どんな怪力の男だって、絶対不可能ですよ」

さすがの勝浦も、唇を嚙んで沈黙。だが、すぐにまた、うなり声を頭につけて口が開かれた。秋江を直視しながら。

「そもそも、最初から、おれはまちがっていたのかも知れない。確かに、あんたは高森の時にも、ルリ子の時にも、また今度の呉の場合でも、無実のあかしが、なるほど、外見上はあるのかも知れない。だが、それがなんだというんだ？　おれたちを順に殺して行く、じゅうぶんな動機があるんだ。そして、そのことを決して隠そうともしていないんだ。それを……このおれともあろうものが、どういう気の迷いからか、そのままに放置してここまで持って来てしまった。もっと早く話をつけておけばよかったんだ」

おとといの夜とまったく同じように、静かな滑らかさで、テーブルの料理に手を伸ばしていた秋江の口が、開かれた。義信がまたかと、思わず顔をしかめたくなる発言だった。

「『早く話をつけておけばよかった』というのは、つまり、私を殺しておけばよかったという意味かしら？」

勝浦は居直った非情さになる。

「ああ、そうだ」

彼の目が、前に置いた拳銃に行く。

「だったら、今からでも、遅くはないんじゃないかしら。私は自殺志願の女よ。だから、あなたが私のその希望を手助けしてくれるというだけですもの。あなたはもう一人、人を殺しているのかも知れないんでしょ。だったら、いま一人殺すのも、もう同じ……って、よくいうじゃあない？」

「いったい、おれが人を殺したなどと……ああ、義信君から聞いたのか……。思った以上に、君たちは心を通じあっているんだな……」だが、勝浦は馬鹿に平静。ほほえみさえ浮かべていた。「……ああ、そのとおりだ。だから、あんたを殺すのに、どうってことはない……」

「しかし……しかし……」義信はともかく口を入れてから、ようやく言葉を見つけた。「……もうすぐ、沢木さんが来るんでしょ。それで、話は解決するんですから……」

「だが、そのわずかの間にでも、おれたちの命が無事だという保証はあるのか？　もし、砂川嬢がほんとうに、おれたち仲間三人を殺したというのが真相だというなら、よほど狡《こう》猾《かつ》な頭の持主というほかない。沢木さんが来るその短い間に、話はどうなるかわかったものではない」

秋江が答える。

「ええ、そのとおりよ。でも、自分が犯人でないとよく知っている以上、そのどうなるかわからないことは、私が起こすのでなく、誰かほかの人が起こすんでしょうけど」

「ほかの人とは？」

「勝浦さんは、私が殺人者だという妄執にとりつかれてしまったのかしら？　だから、このビラには、私たち以外に、犯人はいないと、もう固く信じてしまったのかしら？」

「また、話は振り出しに逆もどりか！　つまり、ここに光一か、そのほかの誰かが潜伏していて、これまでのことをやった。また、これからもやるかも知れないというのか？」

「そのとおりよ。そして、彼は今度は誰を狙うのかしら。これまでのパターンからいけば、やはりあなたたちのどちらかね。でも、できれば義信さんであってほしくないわ」

「あんたはかなり、彼に気持ちが傾いているな。いつの間にか、名前にさんづけで呼んでいる。わかる気もする。彼にはどこか母性本能をくすぐるような、魅力があるらしい。だから歳上の女に好かれる。しかも、ずいぶん、これまで、あんたのことを弁護してくれたしな」

秋江の表情が珍しくちょっと乱れた。だが、すぐまた、あの爽やかにおちついたようすになる。

「でも、殺人者が狙っているのが、今度は私だとしても、これはただもう、ありがたい話だということでは、あなたに殺されるのと同様よ。なにかこうなると、この状況では、私の立場が一番強いみたいね」

「ともかく、おれはここにいま一人の人間がいるという考えだって、捨てているわけじゃない。だからこそ、こうして、沢木さんの来るまでは、このテーブルから、みんな動かないことにしてもらったんだ。もしそういう奴がいて、それが誰であるにせよ、この広いホールに飛び出して来て、おれたちに襲いかかって来れば、その時は、これがものをいう……」

勝浦は皿のすぐそばの拳銃を、顎でしゃくった。

「つまり、あなたはここで、私と目に見えぬ敵との、両方にそなえているというわけ？」

「そうだ。そしてもし……」勝浦は周囲を見まわしながら、急に声を大きくした。「……どこかにひそんで、まだおれたちを狙っているという人間がいたら、そして、今のおれたちの話に、耳をそばだてているのだとしたら、聞いてくれ！　おれたちは、もう一時間もしないうちに、ここを去る。三人もの友人を殺されたことには、なんとも断腸の思いだが、おれたちは、今、それを騒ぎ立てる立場にはない。だから、そのことについては、もう追及しない。あとはそちらのいいようにまかせる……」

勝浦の声が広いホールの中で、むなしく響き始めた時……。

突然、すべてが暗黒になった。

第六章　殺人は暗黒の中で

1

外部からの採光を、ほとんど拒否的に設計された建物であった。しかも北に開くわずかの窓も、カーテンがおろされていた。

ホールの中は、まったくの暗黒に塗り潰される。

一瞬の当惑の沈黙を置いて、勝浦はすばやく事態を悟ったらしい。ひきつる声をあげた。

「停電!?　馬鹿な！　今度は誰もドライヤーなど使っていないはずだ……」途中で絶句してから叫ぶ。

「……奴だ！　奴が、ブレーカーを切ったのだ！」

暗黒の中で、勝浦らしい存在が、慌てて身動きするらしい気配。続いてテーブルの上で、皿がぶつかったり、スプーンやフォークが触れ合う音。

勝浦の怒鳴り声があがった。

「ピストルだ！　ピストルはどこに行った!?」

どうやら、必死になって、自分の前に置いた拳銃をさがしているらしい。

テーブル上をひっかきまわす音は、ますます高くなる。コップが転がって、床に落ちたのか、ガラスの割れるらしい音が、暗黒の底であがった。

「懐中電灯！　懐中電灯はないのか!?　しまった！　用意しておけばよかった！」

勝浦は自分の手抜かりを、くやしそうにわめく。

秋江のおちついた声は、勝浦のパニックを嘲笑するようだった。

「キッチンにあるでしょう。取って来ましょう」

秋江が立ち上がって、椅子を引く音。

「ブレーカーだ！　それより、ともかく、すぐキッチンのブレーカーをあげてくれ！」

内部の細かな勝手には詳しくない勝浦は、まったく手足をもがれた状態なのだろう。行動可能な自分の前のテーブル上だけを、なおも必死にひっかきまわす音をたてている。

義信も椅子を引いて、立ち上がった。

秋江が動いて行く気配が、むこうで微かに感じ取れる。

義信はそこにむかって、呼びかけた。

「砂川さん、僕も行きます！　一人じゃ、危険です！　奴はまだキッチンかも……」

秋江の答えた声は、思ったより、もうかなり闇のむこうに行っていた。

「気をつけて！　そう慣れた所ではないんだから」

まったく、そのとおりだった。

気持ちは闇のむこうに進んで行くのだが、足元のおぼつかなさはひどいもの。そうしてためらううちに、進む方向までが、それてしまっている感じ。

腰のやや上に、テーブルの端がドンとぶつかるのを感じて、これは小円卓の一つとわかる。だが、いくつかあるどれかということになると、見当がつかない。

ともかく手でその縁をさぐりながら、そのテーブルを半まわりして、また暗黒の中を泳ぎ渡る。やがて、キッチンの壁かドアにぶつかるだろうと進むうちに、高い悲鳴があがった。秋江のものだ！

「誰か……誰かが……」

やみくもに走り出して、義信はおそろしい勢いで、前頭部を固いものにぶつけた。張り出し廊下の柱にちがいない。

そういうものがあることはわかっていた。だが、秋江の声に無我夢中になり、闇の中に突っ込んだとたん、その存在を忘れていたのだ。

まぬけたことを！

後ろによろめきながら、自分の愚かさにむかっとくる。だが、それにしては頭になにも感じないと思った瞬間、突き上げるように激痛の塊が湧き起こった。頭の中全体に拡散し始める。

意識が遠のく。腰のあたりを、苦痛に近い倦怠感が襲い、思わずそこにへたばりこみそうになる。ようやく身を立てなおす。

「砂川さん、砂川さん！」

義信は叫んだつもりだが、まったく張りのない発声になっている。

タタタッ……と、キッチンのほうで足音が走るのを聞いた気がする。

敵はこのビラの勝手に通じている。そこを暗黒にして、我がもの顔に跳梁しようという作戦か……。

勝浦も敵の意図を、読みとったにちがいない。

自分の位置を教えるのは危険だと思ったのだろう。もう声も出さず、テーブルの上をさぐる音も立てなくなった。暗黒の中に、体を溶かす思いで、沈黙しているのにちがいない。

拡散した義信の頭の痛みは、またとってかわった新しい激痛の塊に襲われる。どうやら、右の額あたりをひどく打ったらしい。

その痛みを、一瞬、うっとこらえて、その拡散を待つ。同時に、義信はまた声をあげた。

「砂川さん！　どこです!?　だいじょうぶですか!?」

敵に所在を知られることの不利は、承知の上だった。

だが、秋江から返事はない。

いやな予感が走って、また、思わず数歩、早足に踏み出す。その瞬間、義信は下半身を、今度は椅子に衝突させていた。暗闇の中で、馬鹿馬鹿しいほど大きな音をたてて、義信はそれにもつれて、尻餅をつく。

そのショックで、頭はまた飛び切り上等の、激痛の塊に包まれ、今度はほんの数秒の間は、完全に無意識状態。

だが皮肉なことに、痛みのあまりの激しさに、かえって、わずかの間に、意識をすぐとりもどせたのか。

そういうアクション性に欠ける自分のまぬけさに、腹だちをおぼえながら、体にまつわりつく椅子を振り払う。立ち上がる。

その瞬間、義信は今度は目に痛いものを見た。

明りだった。懐中電灯の明りの輪。真の闇の中では、それさえもまばゆく感じられた時、その光の輪はすばやく横に動いて……。

大テーブルの前に呆然と立っている勝浦の姿を、かっきりと照らし出した。

勝浦は光の洗礼を浴びながら、信じられないという顔で、光が照射されて来るみなもとのほうを見つめている。

光はホールの西側のほうから来るのかと、義信は首をめぐらしたその瞬間、わかったのは、電灯の光のまばゆさばかり。

その後ろにいる人物は不明。いま少し目が慣れれば……と思われた時、耳をつんざく炸裂音が起こった。

一瞬、義信は火薬が爆発する、赤い閃光《せんこう》がホールの闇にひらめいたのを感じた気がするが、確かではない。

目を転じて、勝浦のほうを見た時は、もうそこは再び闇。

その瞬間、また一つ、炸裂音が起こって……。

義信はなにか重たく大きいものが、鈍い音と響きをたてて、床にぶつかる音を聞いた。

義信はそれがなにかを、もうほとんど理解していた。

タタタタッ……と、走る足音がホールを横切ってむこうに遠ざかる。カシャリというなにか金属製のものが、はずれるような音が遠くで起こり、それから蝶番のきしるような音……。

玄関のドア！

義信はそう感じた。それはすぐそのあとから、冷たい空気が、かなりのいきおいで流れてきたので、確かになった。

ドアから逃げた犯人、撃たれたらしい勝浦……。だが、義信はそのどちらの追及もしなかった。

彼にとって、問題はただ一つだった。

「砂川さん！　砂川さん！」

彼はまだよろめきがちの脚を踏ん張って、叫んだ。

そして、もう一度、暗闇の中でキッチンのほうへと方向を定め、踏み出した。

二度もおかした失敗を、もうくりかえすまい、ゆっくりが最良の敏速と、我が心にいいきかせ、ほとんどすり足での前進。両手を前に突き出して……。

目指すキッチンとの境の壁は、なにか千里のむこうにあるような感覚。行けども、行けども闇が続くようにおぼえたが、実際のところ、十秒そこそこのことだったのだろうか。

とうとう指先に、壁が触れた。

キッチンにドアは二つある。いずれにしても、壁沿いに左に動くほうがいいと判断した。

すり足で横に動く。

だが、ここもまた永遠に壁だけが続くのではないかと思われた時、指先にドアのかまちが触れる感触。どうやらスプリング式の両開きのほうらしい。

それを押し開いて、中に踏み込んだ義信は、不安におののきながら、また叫んだ。

「砂川さん、砂川さん！」

暗闇は重たく静まりかえっているだけ。ますますたまらない不安に、息苦しくなる。

ともかくブレーカーをもどすことだ。だが、その位置は記憶に曖昧である。確か部屋の西北のコーナーあたり……。

しかし、その正確な位置や高さも、また形もよく思い出せない。

だが、その時、彼はわずかながらでも、明りを取り入れられる方法に気づいた。

シンクの上の窓だ。かなり長い間、そのあたりで動いていたから、位置もよくおぼえている。

彼はまっすぐに部屋を縦に横切り、シンクの縁を手で探りあてると、上半身を倒して手を伸ばした。

窓が手に触れた。引き開ける。

雪もよいの夜だ。おまけに窓は小さい。とりたてて光というようなものはないはずだったが、雪明りというやつか……。ともかくまったくの暗闇の目には、確かに光がさしこんでくるように思えた。

　身をまわして、ブレーカーのあるとおぼしきあたりに目をやる。

　おぼろの上に、おぼろの光だったが、それでも、そのあたりの床の上になにかが動くよ
うな感じが、視覚の奥で曖昧に捕えられた。物音がする感じもキャッチできる。

「砂川さん、砂川さんですか!?」

　問いかけた義信の声に、前よりはっきりした人の身動きらしいものが起こった。

　わずかの光でも、いったん触発されてよみがえった視覚が、ひどく曖昧ながら、人の形
が床でもがいているように受け止める。

　うめき声が聞こえた。その声は、秋江……？

「砂川さんですね？　砂川さん……」

　もやもやした塊が、いっそう大きく動き、言葉が漏れる。

「義信さん……義信さんね……？　ここ……ここの上がブレーカー……」

「だいじょうぶですか!?　だいじょうぶ……」

　いいながら走り寄る義信に、声は答えた。

「だいじょうぶ……ちょっと、突き飛ばされて……壁に頭の後ろを打って……それだけみ

たいな……」

義信の膝に、床にすわっているらしい秋江の肩あたりが触れた。

「そう、そこでうんと背伸びして……手でさぐれば、ブレーカーがあるはずよ」

義信は爪先立ちで、闇をさぐる。

すぐに新書判の本くらいの、固い箱が手に触れ、下に落ちているスイッチが、指先に触れた。

上に押し上げる。

まばゆい光に、瞬時、義信は目をつむり、再びあける。

秋江がドレスの青色を、大輪の花に咲かせて、床にすわっていた。

義信の顔をまばゆそうに見上げると、左手を後頭部の髪にあて、右手を壁について立ち上がろうとする。

「だいじょうぶですか？　まだ、すわっていたほうがいいのでは？」

「だいじょうぶみたい。ここまで来て、ブレーカーに手を伸ばしたら、いきなり懐中電灯の光を浴びせられたの」

「あいつだ！」

「それから、いきなり突き飛ばされて、その時、あなたを呼んだんだけど……同時に、ここの頭の後ろを、壁にぶつけて……どういう急所だったのか、それで気を失ってしまったみたい。でも、そんなに頭も痛くないし……」

「あるいはそれが、よかったのかも。砂川さんが気を失ったので、奴はそれ以上のことはせずに、次の……」義信はそれで、はっと気づく。「……それじゃあ、砂川さんはピストルの音は？」

壁に手をついたままだったが、秋江はすでに立ち上がっていた。

「それじゃあ、ひょっとして、あの音は……一度、ぼんやりと意識をとりもどした時、なにかそれは、大きな音を聞いて気がついたような……そんな感じのようだったけど、またそれから意識を遠のかせてしまって……」

「勝浦さんが奴にピストルで撃たれたような……。同じように、懐中電灯の光を浴びせられて……」

「殺された……というの？」

「それははっきりしません。瞬間、勝浦さんの姿を見たというだけで、また真っ暗になって……」

「ともかく行ってみましょう」

壁から手をはなした秋江は、よろめく。

義信がその腕に手を伸ばして、しっかりとささえる。

「まだ、あまり動かないほうが……。それに、もし、それがほんとうだったら、あまり見て楽しいものではないし……」

「だいじょうぶよ。気丈ということだったら、私のほうが、あなたよりはるかに上だし、それが勝浦さんだったら、ほんとのところ、なにか私には、当然のような……」

とはいうものの、なにか秋江の歩みにおぼつかないものをおぼえて、義信は歩き出す彼女の二の腕から、手ははなさなかった。

片開きのほうのドアを開けて、ホールに歩み出す。

勝浦の倒れたと思われる所は、長い大テーブルの向う側だった。

二人は片方の端をまわって、そこに歩み込む。

勝浦は確かにそこにいた。そして、確かに死んでいた。完全なあお向けの姿で。

弾は彼の鼻を真正面からみごとに砕いていた。そこから血が流れ出て、顔の大半を汚し、ただ二つの目だけが、その中でかっきりと見開かれ、まばゆい天井の照明を見つめていた。

さすがの秋江も、喉を鳴らして息を嚥《の》む。

義信は息を嚥むのさえできない、こわばりの状態。だが、少し勇気をとりもどすと、今度は押さえようとしても押さえ切れない、小刻みの震えの発作に襲われた。

そのみっともない身震いを感づかれまいと、彼は慌てて、秋江の腕を持った手をはなす。しかし、震えは止まらない。なにか興奮ばかりではなく、体の芯から冷えびえしてくる感じ。

それで、彼ははっと気がついた。

「そうだ。玄関のドアが開いているらしいんだ。だから冷たい風が……」

「えっ、玄関のドアがって……?」

「勝浦さんが撃たれたあと、すぐそっちのほうに走って行く足音がして、そこのロックがはずされる音や、ドアが開けられる音を、僕は確かに聞いたような……」

「じゃあ、犯人は外に逃げて行ったと?」

「そのような……。ともかく、寒いし、奴をシャットアウトのためにも、ドアを閉めて来ます」

ホールを横切り、北西隅の入口の間《ベスティブール》の踏み段をあがる。

確かにドアは、半分開け放たれたままになっていた。

夜の戸外は、濃紺の幕を垂れ、その中に雪のほの白さをあちこちに沈めているという印象だけ。しかし、いつか降りは終わったらしい。

義信はドアを閉め、ロックをおろして、冷たい夜気をシャットアウトする。ホールにむかって、二、三歩もどる。その時彼は、足先でなにか固いものを蹴った。拳銃だった。オートマチック。勝浦が持っていたものに、そっくりである。拾い上げてみると、ますますそれは確かに思えてきた。微かに新しい硝煙の匂いを、嗅ぎ取ったからである。

「砂川さん、犯人は勝浦さんの拳銃をかすめ取って、それで勝浦さんを殺してから、玄関から逃げる時、捨てて行ったような……」

秋江に歩み寄りながら、義信はいう。

秋江は勝浦の死体とは反対側の、テーブルの前の椅子にいた。全身の力が脱けたような、ストンという感じのすわりかた。

義信がテーブルの端に拳銃を置くのを、弱よわしい視線で見ると、つぶやくようにいった。

「これで、とうとうあなたと二人っきりになってしまったわね。義信さん、ともかく、ここからいそいで出ましょう。犯人がいつ帰って来るかわからないし……」そこまでいってから、秋江ははっとした顔になった。大声でいう。「……いいえ！　それはほぼ確かといっていいかも！」

「どうしてです？」

「だって、犯人があなたたちグループを殺すことが狙いなら……いいえ、そうにきまってるわ。だって、高森さん、瀬戸さん、呉さん、そして今度は勝浦さんと、みんな、あなたの仲間ばかり殺してきたんですもの。だったら、どうして、あなただけを残したままで、満足するというの!?　これは罠《わな》よ！　いかにも自分は、外に逃げ出したように見せ、あなたをほっとした気持ちにさせて、油断させる。これまでやって来た犯人の、いかにも陰険な……。さあ、すぐ出ましょう！」

立ち上がる秋江を見て、義信はためらった。

「しかし、もうすぐ沢木さんが……」

秋江はいらだたしげに、声をあげた。

「あなたまでが沢木さん！　お人良しのお馬鹿さんはもうやめて！　その沢木さんこそ、一番問題なんじゃないの！　こんなに、あなたの仲間ばかり殺されたということは、銀行強盗での分け前の独りじめのほかないじゃないの!?　そして、それができるのは、もう残った沢木さんだけ。としたら、犯人は明らかに沢木さんに命令されて、これをやっているんじゃあない!?」

秋江は義信の横に歩み寄った。

「……さあ、早く！　ともかく、このビラはまだ安全ではない……そうよ！　犯人はいかにも、あの暗闇の中で外に出て行ったふりを見せて、まだこの中にいるんだわ！　入口に捨てられたそのピストルが、なによりの証拠よ！　どうして、そんなものをわざわざそこに、捨てて行ったというの!?　まだ中にはじゅうぶん、弾は残っているはずなんでしょ？　それなのに、なぜわざとらしく、玄関口に捨てて行ったというの!?」

義信は目の下のピストルを、見下ろした。

「確かに、銀行強盗で一発使って、それから、今、勝浦さんを撃つのに一発使っただけだったとしたら、まだたくさん残っているかも……」

つぶやくようにそこまで続けた義信は、はっとした顔になる。

「さあ、ともかく、行きましょう！　あなたの車で、できるだけ、早くここからはなれて……」

「待ってください！」

義信は秋江の言葉に、鋭くおおいかぶせた。

今まで見せたことのない、義信のきびしい態度に、秋江も眉をしかめて、沈黙する。

「……ちょっと考えさせてください。ほんの二、三分でいいんです……」

義信がテーブルの横を、ごく短い距離を作って、往復歩きを始める。

秋江はぐっとこらえたようすで、そういう義信を黙って見つめる。

だが、義信の物思いは、すぐに三分を越して、四分、五分となっていく。

とうとうたまりかねたように、秋江が口を開いた。

「なにをしてるの!?　さあ、早く！　ここから出ないと、沢木さんが……」

秋江の向う側に歩いていた義信が立ち止まって、ふりかえった。

「しかし、もし砂川さんの考えが正しいなら、沢木さんはもう来ないんじゃ？　奪った金を独りじめというなら、もうなにも、ここに来る必要もないような……？」

秋江はあっという顔になる。

「確かに、そういわれれば、そういうことも考えられるけど……いいえ、そうでもないわ！　ここにひそんでいる犯人……それは光一か、それとも別の人かは知らないけど……それには分け前のいくらかを、渡す必要があるんじゃないかしら。それに、頼んだ仕事をほんとうに、彼がちゃんとやったかどうかも、確認する必要があるし……。そうよ、その時、まだあなたが生きていたら……。義信さん、やっぱり危険よ！　今の今、犯人が……」

「いや、ひょっとしたら、やはり犯人はもういないかも……」

「どうして？」

「それどころか、なにか、これまでの四人もが殺された真相が……まだ、よくわからない部分もありますが……でも、おおよそのことが、なんだか僕にもわかってきたような……」

「義信さんはミステリーをたくさん読んでいるとみんないっていたから、なにかそういうような推理をと？」

「ええ、そうです。しかし、それを確かめるためには、少しこの中を調べなければなりません。砂川さん、しばらくの間、ここで待っていてください……」

いうなり、ホールの東にむかって歩き出した義信に、秋江は慌てる。

「義信さん、そんな危ないことを！　どこから、殺人マニアが……」

「だいじょうぶです。僕は、ここにはもう誰もいないと、ほぼ確信し始めているんです。だから、それに命を賭けてもいいという気持ちでもあるんです」

「そんな！　じゃあ、私もいっしょに行く！」

義信にちょっとためらいの色。だが、すぐに決心をつけたようだ。

「いや、だいじょうぶです。ほんの五分……それだけ、僕に時間をください。そして、もし、それでも、僕がここにもどって来なかったら、僕をさがし始めてください……」

義信は、秋江の返事も聞かず、もう東の廊下にむかって歩き出した。とちゅうで、一度、立ち止まって、秋江のほうをふりかえって、ほほえんだ。

彼独特の、人なつっこく、お坊っちゃんぽい笑い。

秋江はドアを開けて廊下のむこうに消えて行く義信を、瞬時、呆然としたようすで見送る。

それからはっと、なにかに気づいたようすになると、ホールの西の二階にあがる階段にむかって、ロング・スカートをはためかせて駆け出した……。

2

川光の部屋の隠し扉は、壁に対してほぼ直角になったまま、女体像で止められていた。勝浦がそうした時と同じ状態。

廊下からその部屋に駆け込んだ彼は、真っ直ぐに隠し部屋の中に入ると、その正面の板壁に歩み寄った。やや体をかがめる。

目を寄せて、壁を子細に検討する。そして、そこに板が葉書大に切り取られ、またもとどおりにはめ込まれたような跡を発見すると、顔に微かに微笑のようなものを浮かべた。

切り取られた隙間に指先を必死に押し込んで、その葉書大の板を、はがしとろうとする努力を始める。

それはすぐに成功した。板は蝶番でつながっているらしく、扉となって開く。

彼はそこに顔を持っていって、中を覗きこむ。だが、天井からの裸蛍光灯の光は、かなり貧弱な上に、自分の体がそこに影を作っているために、奥まで見通すことは困難だった。

彼は体を壁にやや横向きにするようにして、右腕をその中に突っ込み、手探りを始めた。かなり奥は深いらしかった。手首から十センチ近くまでがすっぽり入る。

指先でなにかをさぐっていたらしい彼は、やがて会心の表情を浮かべて、腕を抜き取る。

背を伸ばした彼は、それから早足で、隠し部屋の奥に歩み込む。あのスリーピング・バッグやマットレスの所に行く。

膝をついて、あたりに散らばる、いろいろのものを一つ一つ手に取って調べる。特に、ソーセージの入った透明なポリ袋、クラッカーの包み紙等を注意深く見る。

「紀ノ国屋のものだ……」

つぶやいて立ち上がった彼の顔には、また、どこか会心の表情があった。

それから、彼は今度は早足に隠し部屋の南詰めに行く。そこで、またややかがみ腰になると、そこにもまた葉書大の、壁板と同じ扉を見つけ、笑みをいっそう大きくした。

彼は大股の足取りで北詰めのほうにもどると、川光の部屋に歩み出る。

そして隠し扉を押さえている女体像を、足先で押して、部屋のむこうに移動させた。

止めを失った扉は、音もなくまた壁にむかって動き出し、最後には部屋の板壁となって停止する。

彼はすばやい動作で、あたりを見まわす。そして、すぐに判断がついたように、壁に掛けられた、五枚並んだ石のレリーフのミトゥナ像の前に歩み寄った。

右から左へとすばやい視線で、男と女が局部もあらわにからんでいる姿を、順に見て行く。そして、彼の目は真ん中の女の像に止まる。

彼の顔に、にやりとした笑いが浮かんだ。

女が片脚をあげて、そのクレバスに男のものを受け入れているポーズのものであった。

彼の指はその男のものの先端部分に伸びた。それを押す。

微かにきしる音がした。横に目を転じた彼は、あの隠し扉の右半分が、ゆっくりと奥にむかって開いて行くのを見た。

回り舞台のそれのように、ゆっくりと回転した扉は、壁に対して直角の角度を作ってから、この前と同じように向う側へと回転し続ける。

奥の壁を見つめていた、彼の顔にちょっと失望の色が浮かぶ。

「これでは、だめなのか……」

つぶやいてから、彼ははっと思いついた表情。

扉はまだまわり続けているのに、すごいいきおいで廊下に飛び出ると、南端にむかって駆け出した。

南詰めの空室に飛び込む。正面の壁に歩み寄った彼は、内側からもすでに見た隠し扉の存在を確かめると、右手の壁のほうに視線を移した。

ここにも、川光の部屋とそっくりのミトゥナ像が、五枚掲げられていた。

今度は彼は、そのレリーフを、子細に調べることはしなかった。

やはり真ん中の、前とそっくりのものに歩み寄ると、その交接の同じ部分に、ためらいなく指を伸ばした。

だが、次の行動は違っていた。

扉がほとんど音もなく開き始めると同時に、北側の壁にむかって走り飛んだのだ。

右手の扉が三十度ばかりに角度を作った時、彼の前をなにかが、空気を切る音を立てて開いて、直線状に飛んだ。西側の壁に衝突して、ぴたりと停止。

一本の短剣が壁に突き刺さっていた。柄に細かな彫刻とミラー・ワークがほどこされた、あの高森を刺したものと、恐ろしく相似る短剣が……。

彼はそこに走り寄って、それを引き抜こうとする。だが、一度では抜けなかった。二度、三度と力を入れて、やっと成功する。

短剣を片手に持った彼は、再び廊下に走り出すと、目の前の階段を駆けおりた。

そして、すぐ横にあるドアを押すと、キッチンに駆け込む。

シンク、調理台とむこうにむかって並べられ、その奥にある洗濯物ドライヤーに走り寄る。それにおおいかぶさるようにして、横手の壁際のほう、その機械のコードを見る。

それはコンセントから、はずされていた。

彼はちょっと考え込む。

それから、身をかがめると、その機械に並ぶすぐそばの、調理台の下の、観音《かんのん》開き、クリーム色の、スチール扉を開けた。

手を突っ込み、頭も半分入れて、中を調べる。

すぐに彼の手は、コード付きの時計らしいものと、一本の大型の懐中電灯を取り出してきた。

彼の行動はこれまでにない、行動性と自信に溢れていた。

敏速な足取りで、キッチンのドアを押して、ホールに歩み出る。大テーブルに今まで手に入れた物のすべてを置く。

そこで初めて、秋江の姿がないことに気がついたようだ。

周囲をいそいで見まわし、それから上の張り出し廊下のほうで、なにか人声がするのに気がつく。

彼は足音を忍ばせたようすで、階段の下に歩み寄ると、二段飛びにのぼる。そして、廊下にあがりきる手前で、首だけを廊下に出す。

秋江は勝浦がたった一つ残した電話で、こちらに背中をむけて話していた。

彼は足音を忍ばせ、廊下に立つと、彼女の後ろに忍び寄る。じゅうぶんの距離にせまったところで、後ろからいきなり手を伸ばして、受話器をひったくった。耳にあてる。

「もしもし、もしもし……。どうしたの!?　それで、どうしたのよ!?」

むこうから、受話器に聞こえてきたのは、かなり若い女の声。

これは彼にとっても、意外なことだったらしい。つぶやく。

「女性か……」

ふりかえった秋江の顔は、今まで見せたことのない、ひどい驚きの表情。

「もしもし……。突然、割り込んで、恐縮ですが……あなたは、どなたですか?」

彼が送話口に呼びかける。

むこうも、びっくりしたようだ。

「ええっ!?　あなた……どなた!?　私、砂川さんと話しているんだけど……砂川さん、どうなさったの?」

「ここにいます。しかし、まことに恐縮ですが、ぜひともあなたはどなたか、それから、どんな用を話していらっしゃったのか……」

むこうの声は、むっとなる。

「私は福田《ふくだ》といいますが……ともかく、砂川さんを出してください！　そんな……砂川さんに話を聞かなければ……」

ふっとそこで、通話は切れてしまった。

見ると、秋江が机の上にある受け台のプランジャーを、指で押しつけていた。

彼女の表情はひどい驚きから、狼狽、それから混乱をへて、怒りに変わっていた。

「義信さん、いったい、どうして、こんなことをするの!?　私、あなたはたいへんな紳士だと思っていたのに……」

「だが、紳士になれなくなる時もあるんです。いったい、あなたは誰と話していたんです？」

「お友達よ、福田京子《きょうこ》さんという……」

彼はちょっと意外な調子。

「確かにそういってましたね。それから、むこうはあなたのことを砂川さんだとも……」

「いったい、これはどういう意味なのかしら？　なにか、あなた、人が変わったみたいだけど……」

　だが、彼は一方的に話す。

「ともかく、下に来てください。見せたい物があるんです。それを見たら、僕が人が変わった理由もわかると思いますから」

「事件の真相が読み取れ始めたといって、さっき、飛び出して行ったけど、そういうこと？」

「そうです」

　彼は先に立って、階段の降り口に大股に歩き始めた……。

第七章　歳上の女、歳下の男

1

短剣、電気時計、懐中電灯。

「義信さん、これはいったい……」

テーブルの上に並べられた、三点の品物を見下ろして、秋江は眉をひそめた。

だが、それから、はっとしたようす。

「……でも、この短剣は、高森さんの胸に刺されたものと、とても、よく似ているけど……」

「そうです。まったく同じ手の、インドの物でしょう」

「いったい、こんなものを、どこで？　川光の部屋に、そんな物はなかったみたいだけど……。まさか、高森さんの死体から抜いて来たと……」

「いいえ、違います。といって、川光の部屋から見つけたものでもありません。川光の部屋の奥の隠し部屋にあったのです。もっと正確にいえば、その隠し部屋の中のまた隠し部屋……というよりは、隠しボックスというんでしょうか……。短剣はそこにセットしてあったんです」

「義信さんの知らない面を見たわ。なんだか、ほんとうにミステリーの中の名探偵になったような、毅然として、しかもなにか良くわからないことを言い出して……」

義信の顔を打ち眺めた秋江は、それから目を見張った。眉を寄せる。

「……どうしたの!?　おでこが赤く腫《は》れているような……。少し青い感じもして……」

「さっき、暗闇であそこの柱にひどく衝突して……、でも、だいじょうぶです。もう、時どき波打つように、ずきんずきんする程度になっていますから……」

「でも、いけないわ！　キッチンに行って、冷たい水で濡らしたタオルを……」

「いや、いいです。今、僕は自分でも、こんな知らない推理力があったのかと、少しびっくりしているくらいです。ミステリーを乱読していたことと、おでこを柱で打ったことが、かえって役立っているのかも。だから、一気に話したいのです」

「でも、ほうっておいては……。いいわ。それじゃあ、間に合わせに……」

秋江はそばにあったティシューの箱から、一塊を取り出してまるめると、ガラス製のピッチの水をそれに注いだ。軽く湿らせて、義信に手渡す。

「それで、その名探偵の推理による、隠しボックスの短剣だけど……?」

秋江はスカートを軽くさばいて、また椅子にすわる。

「正確にいうと、川光の部屋のほうから入る、隠し部屋の扉の右端まっすぐ奥の、壁の隠しボックスにセットされていた短剣のほうは、今、ユーティリティーに横たわっている高森さんの胸に刺さっている物です。そして、ここにある短剣のほうは南詰めの、空いている客室のほうの隠し扉から入ったボックスに、セットされたもう一つの物なんですが……」

「短剣をセットというのは……?」

「その隠しボックスは、隠し扉の右端が奥にむかって開き、ある角度になると、連動して扉が開く仕掛けになっていたのです。すると、そこにセットされてある短剣が、すごいいきおいで飛び出すのです」

「捕鯨の銛《もり》のような仕掛けだと?」

「そうです。今、僕はそこに行って、隠し部屋の奥の壁板を調べて、まわりの板と同じようになっているが、確かにそこにボックスの扉があるのを見つけました。それで、それを強引に開くと、ずいぶん奥まで箱状の空洞になっているのを知りました。試しに腕を中に突っ込んでさぐってみると……。詳しいことはわかりませんでしたが、なにか大きなバネのようなものがあったり、留め金、はめこみといった感じの、金属のさまざまの小さな部品を、指先で感じることができました」

秋江もさすがに今度はテーブルの上の飲み物、食べ物にも手を出さなくなっていた。

「でも、あなた、いったい、どうして、そんなことに気がついたと……?」

「ヒントは、高森さんの心臓部には、おそらく強い力で短剣が刺し込まれていたという事実からです。そんなことは、女にはとうていむりだ。男でもできるかどうかわからないということでした。としたら、そこにはなにか、メカニックめいたものがあったのではないか? 僕はそう考え始めました。そして、それと同時に、高森さんは、時に、タッチの高森と渾名《あだな》されるくらいエッチな人で、あの川光の部屋のポルノチックな内部装飾に、ずいぶん興奮して、そこに行ったことを思い出したんです」

「エッチなことが、どう関係あると?」

「高森さんはそういう人ですから、日常も……やたらに、その……」義信はちょっといいよどんでから続ける。「……女性にすばやくタッチしたり、また女性の官能的な大型ポスターや雑誌のヌード写真の、その……変な所にケラケラ笑って触ったり、キッスしたり……そういうことをよくやる人でした。ひょっとしたら、高森さんはあの部屋に行っても、そういうことをして、独り喜んでいたのではないかと思った時、はっと、ある想像が浮かんだのです。もしそういう彫刻に、あの隠し扉を開ける隠しボタンか、スイッチがあって、高森さんが、別の意味でタッチしたとしたら……」

「扉が開き始める！　そうよね。勝浦さんはペーパーナイフを使って強引にボルトを押し込んだもの。もし普通に、あの扉を開けようとするためには、そういうボタンかスイッチがなければいけないいんだわ」

「ボタンはあのミトゥナ像の……そのう……確かに、いかにも、高森さんが、タッチしそうな所にあって、実際のところ、そこは扉を開けるために頻繁に触られたためでしょう、少し手垢で汚れている感じだったので、すぐわかりました」

「ええ、わかったわ。はにかみ屋の紳士に、それ以上はいわせない。どんな所か、大体、想像がつくから。いかにも好色な、あの川光の考えそうなことね」

「それで、僕は勝浦さんがとちゅうで止めた扉をもう一度、もとにもどして、そこのボタンを押して試してみることにしました。確かにそれは開きました。でも、隠しボックスのほうは作動しませんでした。しかし、それはすでに短剣が発射された後だったからでしょう。だが、その時、僕は南詰めの部屋にも、隠し部屋の扉があること、また、まったく同じミトゥナ像が五枚、壁にあることを思い出しました。それでいそいでそこに飛んで行って、同じ所にある、同じボタンを押すと……」

「扉が開いて、この短剣が飛び出た？」

「ええ。川光があの隠し部屋をなにに使っていたのか知りませんが、もし隠し部屋の扉を開ける侵入者があったら、どちらの入口から入るにしても、短剣がすごいいきおいで飛び出す。そういう仕掛けを作っていたのです。もちろん、川光自身などが入る時は、もう一つ近くにある隠しボタンのいま一つを押して、短剣は作動しないようにする、仕掛け解除のボタンもあるはずです。実施のところ、そのミトゥナ像を良く見ると、もう一か所、手垢に汚れているような感じの突起……やはり、高森さんの触りそうな所がありましたから、おそらく、そこがそれなのでしょう」

「高森さんはそんなこととは知らず、別の意味で扉が開くほうだけのボタンを押してしまった。そして、隠し扉が開き始めたのにびっくりして、その開いた所から、中を見ようと歩み寄った。同時に、短剣が飛び出して来て、不幸にも急所にみごとに命中した……」

「ええ。そのあとの詳しいことは、もうわかるはずもありませんが、慌てて身をまわして、ドア口のほうに逃げ出したか、それとも、苦しみながらも、一度隠し部屋のほうに入って、今度は、反時計まわりで後ろから来る扉の片方に追いかけられ、ぐるりとまわって、また部屋の中によろめき出たか……。ともかく、ようやく廊下によろけ出て、最後の力をふりしぼって、必死に階段をおり、僕たちのいるホールに入った所で倒れた。そういう状況じゃあないかと思います。高森さんが最後の言葉で『へやに……へやに……』といったのも、部屋に犯人がいたとか、待ちかまえていたということではなく、『部屋には隠し部屋があった』というようなことを、いいたかったんじゃないでしょうか」

「隠し部屋の床とか、せめて川光の部屋の隠し扉の前の床に血が落ちていたら、もっと私たちはその事件の真相に近づけたかも知れないわね。だけど、あなたのいったように、短剣が栓のような役をしてしまったので、血痕は廊下の途中から落ち始めたのね。でも、義信さん、そうだとすると、けっきょく、高森さんは誰かに殺されたというようなものではないと？」

「そんな人を死にいたらしめるような仕掛けは、殺人といっていいのかも知れませんが、ともかく、ある意味では事故死……勝浦さんはまったく、別の意味の仮定としていったのですが、事故殺人といったものであったことは、皮肉な話です」

秋江は当惑に曇る声になる。

「でも、義信さん、まさか、ほかの三つの死まで、みんなそういう事故だったとは……とても、考えられないけど……」

「ええ、あとの三つは、まさに殺人です。そして犯人はその第一の高森さんの事故ともいうべき死を、あとの殺人に利用しようとしたのです」

「利用？」

「ええ、高森さんの事件は事故でした。そのために、みんなに確かなアリバイがあるということになりました。犯人はそれを利用して、以後の殺人で、たとえまちがって自分が疑われても、第一の事件のアリバイが崩されない限り、犯人とは断定できないという状況に頼ろうとしたのです。でも、今はそのことは、ひとまず置いておいて、その犯人は、ひそかにここに潜入していたというような存在ではなかったということを、初めに検討したほうがいいと思います」

「ひそかに潜入していたのではないというと？」

「いや、もっと正確にいえば、そういう人間は、まったく存在しなかったということです。そして、砂川さん、あなたはそれを初めから知っていたのではないかと、僕は思います」

「私が……そんなことを……知っていた？」

「ええ、だからこそ、つい今、あなたは僕が独りで、ほんの五分ばかり、建物の中を捜索に行くと言い出しても、あえてそんなにまで反対しなかったのではないか……僕はそう思っています」

秋江の態度に、今までにない、曖昧さが現われた。

「あれは……あなたのようすが、あまりになにか頑固そうだったから……」

「あなたは、僕のことをとても心配していてくれました。それは僕があなたのことを心配していたのと、同じくらいにだと思います。そのあなたが、あんなことを許したのは、やはり、ここにもうほかにには、誰もいないことを良く知っていたからではないでしょうか？」

秋江はあの独特の、きっぱりしたようすでいう。ほんとうの気持ちは、どこにあるかはまるでわからせないで。

「いいわ、私がそれを知っていたとしても。でも、それだったら、あの隠し部屋にあったスリーピング・バッグや、週刊誌、食べ物を食べたあとの袋といったものは、いったい、どういうことになるのかしら？」

「その答えは誰かが、そこに人がいかにもいるように見せようとして、工作したものだということです。そして僕は今、その証拠を見つけました」

「どんな？」

「あそこには、ひそんでいた人物が食べ散らしたらしい、食べ物の袋などが、いくつも残っていました。この前の時は、僕はあまり注意しなかったので、見過ごしてしまったのですが、今度は、そこにサラミ・ソーセージの空き袋があるのに目を止めました。しかもそれには、青山の紀ノ国屋のラベルが貼ってあったのです。そして僕もまた、ここに来る前、このビラでの籠城のため、その店でどっさり食料品を買い込んで、その中には同じサラミ・ソーセージがあったのです。隠し部屋にひそんでいた正体不明の犯人が、選りに選って、僕と同じ店の同じ品物を買って来た。そんな偶然ってあるでしょうか？」

「偶然ではなくって、その犯人がこのキッチンの冷蔵庫におりて来て、盗んで食べたのでは？　そうよ、だから、やはりあそこには、やはり、ひそんでいたという犯人がいたのでは？」

「しかし、僕はそのサラミは、最初に来た日の夕食の料理にみんな使ってしまって、からの袋をトラッシュの中に捨ててしまっているのです。とすると、犯人はトラッシュの中に捨てた袋だけのものを、わざわざ拾い出して、あの部屋の中に持ち込んだということになります」

「…………」

義信は秋江の沈黙にかまわず、話を続ける。

「やはり答えは簡単で、そんなものを盗み出したのは、やはりそこに人がいて、寝起きしていたり、食事をしていたという痕跡を作るための工作にすぎなかったからです。潜伏していたというような犯人は存在しなかった。それは僕たちの前にはっきり姿を見せていた人物が、そう見せようとする工作にすぎなかった。そして、その犯人は第一の高森さんの事故死を、うまく利用して、次の殺人計画を実行し始めた。どうやら、それがこの事件の真相のようです」

「でも、ただそれだけで、隠れている犯人などいなかったと考えるのは、まだ結論が早すぎるような気もするけど……」

「じゃあ、例えば、ほんとうにいたとしましょう。だが、さっきも説明したように、そんな人物に、高森さんの事故死を利用して、なんの得があるというのです？ 彼にはアリバイもなにも問題ではないはずで、姿を見せずただ、血に狂ったように殺していけばいいのです。アリバイなどということは。なんの意味もないんです。ここにも、ひそんでいる犯人など実在しなかったという状況が、送還《フィード・バック》の形で立証される気がします」

秋江の眉が深く寄せられた。

「でも、そういうことになると、犯人は私たちの目の前にいる人で、高森さんの時にはアリバイがあったというのなら……勝浦さんも、瀬戸さんも、呉さんも、それから、つけ加えるならあなたも私も、みんな、あったのよ。でも、その今いった人は、けっきょく次つぎに殺されてしまって、残るのは……」

「僕とあなただけです。としたら犯人はあなたか僕……そういうことになりそうです」

秋江は大きく溜息をついた。だが、答える声ははっきりしていた。

「そして、あなたは自分は犯人ではないというんでしょ。私だって、あなたのような人が、そうだとは思わないわ。だったら、残るのは私だけということになるけど？」

2

義信はその秋江の問いかけに、直接には答えなかった。

「あなたはこのビラの建物が、僕と同じように、とても気に入った。それで自殺の場所に選んだのだと、勝浦さんにいいました。僕はそれを疑ってはいません。でも、それにしてはおかしなことが、いくつかあるのです」

秋江の爽やかなおちつきぶりは、なにか極端に冴え返った感じになっていた。

「どんな？」

「例えば、そのようにして、あなたがこのビラの中に入り込んだというなら、ここには、そう詳しくないはずです。それなのに、あなたがまだここの川光の娘だと偽っていた時です、停電がありました。その時、あなたはずいぶん部屋の中の勝手を知っているように、すぐに懐中電灯を見つけ出しましたし、また、ブレーカーがキッチンのどこにあるかも良く知っていました」

「そのほかにある、おかしなことというと？」

「ここの電気の契約アンペアが、時によると、実際の需要よりも下まわっているので、まちがうと停電するなどということを知っていたことも、その一つです。また、あなたは白殺の良い死に場所として、ここに入って来たといいましたが、いったい、どうして、そう簡単に入って来れたというのでしょう？　このビラはもうよくわかっているとおり、そう、あっさりと中には入れない防犯設備になっているのです。実際のところ、僕たちだって、この玄関のドアにある二つのロックの鍵の型を取るという、かなりの準備をして入って来たのです。どうやら、勝浦さんを含めた僕たちは、あなたが自殺志願の人だったという新しい発見に目がくらんで、それまでにあなたにあったことから起こる矛盾を、すっかり忘れてしまったところがあります」

「…………」

「あなたが誰かは知りません。しかし、このビラの勝手を良く知っている人だということは、ほぼ確かだと思います。そして、僕がそのことに初めて気がついたきっかけは、ついさっき、また起こった停電の時です。勝浦さんにいわれて、あなたはもはやこの中の勝手を良く知っているように、暗闇の中をキッチンのブレーカーにむかって、動き始めたことを思い出したことからです。あの冷静に事を判断する勝浦さんも、だいぶパニックに襲われていたらしく、あなたにすぐブレーカーをあげろとか、懐中電灯を持って来いと命じながら、その矛盾にまるで気がついていなかったようです。そして、そのことに理解がいった時、僕は姿なき犯人が、そこに乗っているピストルを奪った謎にも、納得がいきました」

「ピストルの謎？」

「ええ。ピストルは勝浦さんが食事をしている皿のすぐ隣の、鼻先にあったのです。実際のところ、もしここに潜入している犯人がいて、その人物はこの建物の中を自分の掌のように良く知っていた。そして、キッチンのブレーカーを切るとすぐ、その暗黒に乗じてホールに入り、そのピストルを奪ったとしても、あまりに行動が迅速すぎます。またあまりにも、一片の気配も僕たちに感じさせませんでした。事実、勝浦さんが暗闇の中で、テーブル上をひっかきまわす、皿やフォークの音をあげながら、パニック状態で、ピストルがないとわめき始めたのは、停電から、ほんの二、三秒の頃でした。そしてその時、砂川さんはもう暗闇の中をテーブルから離れて、キッチンにむかい始めていました。停電したと同時に、あなたは手を伸ばして、勝浦さんのピストルを取り上げる。そして、いわれるままにキッチンのほうにむかう。真相はただこれだけの、簡単なものだったようです」

「話を続けてちょうだい」

秋江の声は気丈に、冷静だった。

「そして、問題のその停電も、誰かがブレーカーの所に行って、手で切ったというものではなかったのです……」

義信はテーブルの上の電気時計に、ちょっと目をやった。

「……その時計はちょっと見たところ、ただの電気時計のようですが、実はタイマーにもなっているものです。あなたは僕と勝浦さんが、呉さんの遺体を、ユーティリティーに運んでいる間にでも、これを洗濯物の乾燥機とコンセントの中間に入れておいたのだと思います」

「ええ、確かにそういう機会は、じゅうぶんあったわね」

「この建物の照明は、見えない犯人のために、全部が点灯されていましたから、もうかなり目いっぱい電力が消費されていたことはまちがいありません。そこに、洗濯物の乾燥機が、タイマーによって作動し始めたのです。ルリ子さんが、それを使った時以上に過大な電流が流れ、たちまちブレーカーが落ちて、このビラは停電になったのです」

「停電のあと、私は勝浦さんのピストルをすばやく奪った。そして、勝浦さんの命じるままに、立ち上がってキッチンのほうにむかった。それからどうしたと思って？」

秋江は推理のゲームを、義信と楽しむようすでさえある。

「つい今もいったように、あなたはこの建物の中の勝手を良く知った人でした。だから、キッチンには簡単に行けます。そして、いかにも犯人に襲われた声をあげます。それからまたいそいでホールの片隅、おそらくは僕が瞬間、懐中電灯の光が伸び出るのを見た、西側の階段の下あたりにでも、出ます。そして、すでに用意してあった、そこにある単一六本が入る強力な懐中電灯をすばやく点灯して、勝浦さんの姿を照らし出して確認し、撃ちます。銃声は二発でしたが、僕の瞬間受けた感じでは、もう二発目は暗くなったあとだったようです。念のためにもう一発。だがそれは、姿を僕に見られないために、明りを消してからということでは、なかったのでしょうか？　そして、あなたはその暗黒の中で、玄関のほうにわざと大きな足音を立てて走り、ドアを開け、そこにピストルを落します。これは、さっき問答していたような、犯人は外に逃げて行ったということを教える意味よりも、やはり犯人はここにひそんでいた謎の人物だということを、僕に暗示する意味のほうが大きかったにちがいありません。玄関からまたホール内にもどったあなたは、そこを横切って、おそらくキッチンと従業員室の間の境の廊下から、キッチンにまたもどったのだと思います。だが、その間、なにしろ生まれつき運動神経のかんばしくない上に、まだそうホールの勝手に慣れていない僕は、テーブルや柱にぶつかったり、椅子にからまって尻餅をついたりして、まだ悪戦苦闘中でした……」

「ねえ、その時の瘤《こぶ》だけど……そのティシュー、一度、新しく湿らせた、冷たいものにかえましょう……」秋江はまた箱から一塊を引き出してまるめ、そこにピッチの水を落す。

「……でも、お話は続けていいわ」

「あなたは、ブレーカーが落ちた真相を、僕に悟らせたくありませんでした。さいわい、まだその頃には、まだ僕はホールのほうで、じたばたしている気配でした。そこであなたは、停電の真相を物語るこのタイマーを抜いて、すぐ横にある調理台の下の物入れに、懐中電灯といっしょに隠しました。それから、ブレーカーの下の壁際に行って、いかにも、ここにひそんでいる犯人に襲われたふりをして、倒れたのです。ですから、犯人に突き飛ばされて後頭部を壁で打ったなどという話は、まったくの作り話で、この僕の額の瘤のようなものは、あなたには……」

「ええ……」秋江は先まわりして、すばやく答えた。「……まったく、ないわ」

「この事件の順序から見ると、あなたが乾燥機にタイマーをセットしたのは、勝浦さんが自分の前にピストルを置いた前のことです。ですから、停電の時、そのピストルを奪って使おうという計画は、その時、その場でいそいで変更したもので、それまでは別の犯行計画……おそらくは勝浦さんの食べている物、あるいは飲んでいる物に、停電の隙に毒を入れるといったことじゃなかったかとも思います。実際のところ、僕はそれのほうが良かったと思います。いつ、毒が入れられたかというようなことになると、断定がかなりむずかしくなるからです。だが、目の前にあるピストルという、殺人の強力な凶器の誘惑に勝てず、あなたはそれを選んでしまいました。そのために、僕が事件の真相を見通すきっかけを、作ってしまったようです。そして僕は、もしその初めの計画の毒殺の場合は、ルリ子さんが殺された時と同じ毒が、使われる予定ではなかったかと思っています」

「つまり、ルリ子さんも私が殺したというのね？　でも、どういう手段で？」

「ルリ子さんが殺された時、ともかく犯人はそういう毒を常時持っている以上、そうとうの殺人マニアではないだろうかという考えが出ました。しかし、それはなにもそういうマニアとばかりは限らなかったのです。自殺をしようとしている、あなたのような人間。そういう人も、自分が使うための毒を身につけていてもおかしくなかったのです。あなたは自殺しようとしていたことがわかったのに、どういう手段で自殺しようとしていたのか、そこまで考えなかったことも、勝浦さんの一つのミスかも知れません。あなたは勝浦さんに自殺しようとしていたことを発見された以後も、その毒をずっと身につけていた。その時、あなたの目の前に、それを使って、犯行の手段を隠し、ルリ子さんをうまく殺せるチャンスが、偶然にも転がり込んできた。それで、あなたはそのチャンスをすかさず利用した……」

「どういうチャンスというの？」

「ついさっき思い出したんですが、ひょっとしたら、僕たちがついたその日です。ルリ子さんは、僕の車から食料品を運び出すといって、その張り出し廊下の下で、僕が上から落すキーを受け取ったのが、あなたにその犯行手段のいいヒントになったのかも知れません。つまり、あなたは毒を、その廊下の手摺越しに、ルリ子さんのコーラのコップめがけて落したのです。ルリ子さんは、あの時、あなたが立っている真下の小テーブルで、コーラの壜の栓を開けていたんです。それから三つのコップに注ぎわけ、自分のを残して、あとの二つを盆に乗せて、僕たちの所に持って来ました。あなたはその隙に、手摺の上から、持っていた毒を落す。たったそれだけで良かったのです。毒はおそらく錠剤の形をした、かなり液体に良く溶けるものだったのでしょう」

「でも、どうして、そんなに上手に、その錠剤を、的の狭いコップの口に、あんな上から私が落し入れられたというの？」

「もちろん、それには幸運を狙って……という要素もあります。しかし、ちょうど狩猟で、散弾銃を撃つように、四、五粒をまとめて落して、という方法もあったわけです。いや、事実、あなたはそうしたのです。そして、あなたはルリ子さんが苦しみ出すと、一番早くそこに駆けつけました。すぐあとから駆けつけた僕は、膝をついて床に手をやり、彼女を助け起こそうとしている後ろ姿を見ました。だが、ほんとうはその時、コップからはずれて、床に転がっていた、はずれの毒を拾い上げていた……そうも考えられます」

「義信さんは、お人良しで、世間知らずで、人にだまされやすい、お坊っちゃん。その私の考えは、今でも変わらないけど、それと頭の回転の鋭いこととは、また別問題ね。ただ前のほうの性格的なことで、せっかくの頭の回転が、時にひどく鈍ってしまう時があるみたいだけど。じゃあ、あなたは、呉さんの時のことは、どう考えるの？　それもまた、私がやったことと、あなたはいうんでしょ？」

　義信の返事がちょっと遅れた。

「それだけは……まだ僕にも良く解釈がついていなくて……だから、僕の頭の回転も、そう砂川さんが買いかぶるほど上等じゃなくて、やっぱりそういう点でも、あなたのほうがずっと頭がいいのかも知れませんが……」

「いいえ、それはあなたがたった一つの重要な事実を知っていないから……ただ、それだけのことだからよ……」秋江はドレスを微かに騒がせる音を立てて、椅子から立ち上がった。「……ついて来て」

「どこに行くんです？」

「私のいる部屋。見せたい物があるの」

ビラの中の広い空間には、今はただ静寂と、あかあかとした明りがびっしりと詰まっているだけ。たった二人になった義信と秋江は、その中に淋しい足音を立てて、階段をあがる。部屋に入る。

「見せたい物といっても、義信さんにあまり近くから見てもらうこともないし、また、見てもらいたくないから……」ベッドのすぐかたわら、凝った彫刻のほどこされた、濃茶褐色のクローゼットの両開きの扉に歩み寄った秋江は、そこで立ち止まってふりかえった。

「……そこで止まって。そう、もう動かないで」

秋江は両手で扉を少し開け、ちょっと中を覗き込んでから、もう少し広く開けた。片側の扉に身を寄せる。

「見て、こういうことなの」

義信は初めは、そこにずいぶんたくさんの服が、ぜいたくに掛かっているのを見ただけだった。

だが、すぐにその服の裾の列の一部を奥に押し付けるようにして、なにかの塊が床上に置かれているのを見て……それが人の体……なにかグレイめいたガウンのようなものを着て、こちらに向きにいる……だが、首を前にうなだれて、まったく顔は見えないと……そこまでわかった時、もう秋江は扉をすばやく閉じていた。

「砂川さん、あれはひと……」

前に歩み出ようとする義信に、秋江は鋭くいった。

「だめ！　それ以上、こちらに来ては！　ただ、ここにいま一人の人間の体がある。そう知ってもらえばよかったというだけなの」

「しかし……すると……あのようすだと……あの人は……」

「ええ、死んでいるの。ここでいろいろの騒ぎが始まる、そしてあなたたちが入って来る前に。そして、あの人が川口光一なの……」

3

「私は自殺しようとしていた……それは確かなんだけど、ほんとうは無理心中……いいえ、もっと正確にいえば、殺人ともいうべきものだったの……」

秋江は部屋の反対側のソファーに行くと、もうこれ以上は立っていられないというように、すとんとそこに腰を落した。

その彼女には、今まで見せていた、張りのあるおちつきも大胆さも、すっかり脱け落ちていた。憔悴《しょうすい》しきって、わずかの美しさを哀れにとどめている一人の女があるきりだった。

「……あなたたちは、川口光一が一人の質《たち》の悪い、歳上の女につかまって、この頃はすっかり六本木から姿を見せなくなっていたという噂をしたわね。ええ、その質の悪い歳上の女が、私だったのよ。でも、そんな事情を、あなたに詳しく話したくはない。ただ、こうとだけ、いっておくわ。それでも、私は過去には、光一を深く愛していたこともあったということよ」

秋江は義信の心の中の細かなところも、漏れなく読み取ろうとするように、彼の目の中を覗き込む。そして続けた。

「……あなたたちが噂で聞いたとおり、彼はかなり常軌を逸したプレイボーイ……といったら、言葉がいいので、実際には放蕩者《ほうとうもの》……あなたたちが想像したような、神経に完全に異常があるというのではないけれど、ほとんどそれにすれすれの、まったく節度のない放蕩者であったことは確かだったわ。でも私は、やっぱりある理由から、彼を深く愛さずにはいられなかったの。だから、彼を幸せにするために、また彼をひきとめておくために、私は会社の金をどんなに横領しても、悔いることはない気持ちだったの。でも、そのうち、わかったのよ。彼はその上に、お父さんの血を受けたのか、もっともっと質の悪い利己主義者の悪人……そうして女から愛されていることさえも、ただ自分が得をするための巧みな手段だったということを」

「良くわかりませんが、つまりあなたは彼に利用されていただけで、その愛も、まったく踏みにじられたと？」

「ええ、そう。俗っぽくいえば、彼が私に愛されているふりをしていたのは、ただ私が会社から次から次へとだましとってくる、お金が欲しかったため。それだけだったのよ。それをはっきり知った時、私は彼をつなぎとめておくためには、もういっしょに死ぬほかはないと思ったの。いいえ、はっきりいいましょう。彼を殺して、私も死ぬ。それで、すべては終わりと考えたの。今、私はしだいにわかってきてるわ。私には生まれついての、殺人者の気質があることを。だからこそ、あなたの仲間も、こうして平気で三人まで殺してきたのだし、また光一も殺せたと思うの……」

「というと、あなたはまず光一を……」

「ええ、持っていた毒で殺したの。彼が飲んでいた水割りのウイスキーの中にそっと入れて。それから、私も死のうと、その前に遺書をほんの二行ばかり書き始めた時、あなたが飛び込んで来たのよ。だから、そこに書かれた文句は、私は会社の金を着服したことで、死ぬのではないということまでだったのに、勝浦さんはそれをうのみにしてしまったの。あら、さっき、あんなことをいったのに、けっきょく、ずいぶんよけいなことを話したみたい。あなたに知ってもらいたかったことは、あなたがこの部屋にあの境のドアから初めて入って来た時、あのベッドには、私に毒を嚥まされて、もう息絶えていた光一の遺体があったということ……」

「そうか！　あの時には、あの大仰なベッドには、まわりすべて厚いカーテンがおりていた。だから、僕たちはまるで、その中は見ていなかった……」

「そのとおりよ。それで、私はあなたたちが部屋を出たあと、いそいで光一の遺体を、あのクローゼットの中に隠したの。だから、私はあなたたちの知らない死体を一つ持っていたというわけ」

「わかった。それが、あの呉が殺された時に利用された……」

「ええ。勝浦さんという人も、さすがに頭の冴えた人よ。ちょっと思いつかないような、あんなトリックに気づくんですもの。あれをいわれた時は、私もひやりとしたわ。でも、あのユーティリティーにある遺体を利用したなんていうことは、あなたの指摘したようにとてもむりなことだったの。けれど、その冴えかたで、私が自殺志願の女であったことを、もっと考え詰めていったら、あるいは、なにかにたどりついたかも知れないわね」

「呉さんのすわっていた部屋は、あなたの部屋のすぐ隣です。あなたは今日、僕がキッチンに夕食のしたくをしにいったあと、呉さんの部屋に境のドアから入って行って、なにかうまいことをいって、あの二階の廊下に誘い出した……」

「呉さんは私のきのうの話を聞いて、だいぶ気持ちが動揺していたわ。だから、私がきのうの話を立証するような証拠を、二階の廊下の北の所で見つけたといったら、あまり疑うようすもなく、私について来たの」

「そこで、あなたは呉さんの頭をスパナで何度か殴って殺した。それから、自分の部屋にもどって、クローゼットから、光一の遺体を隣の部屋に運んで、椅子にすわらせた……」

「ええ、このほうはじゅうぶんな時間があったから、ゆっくりとできたわ。私、その前の夜には、呉さんの部屋を訪問しているし、そのほかの機会にも、呉さんはああいうポーズで、いつも考えごとをしていることが多いことや、勝浦さんが夕食のしたくを知らせる時、ちょっとドアから首を突っ込むだけのことなどを、観察していたわ。それで、それを利用したの。そして、私は部屋の天井の照明は消して、デスクの明りだけにし、なるべく椅子の姿が誰かはっきりわからないようにして、自分の部屋に帰った」

「勝浦さんが夕食を呉さんやあなたにしらせて、あなたが部屋から姿を現わすまでに、一、二分。勝浦さんの声がかかるとすぐさま、隣の部屋から、境のドアを通って飛び込んで、必死に遺体を、またクローゼットにもどすことは、女のあなたでも可能だった……」

「といっても、やはりそうとうの重労働だったわ。だから、タイム・リミットは三分と計算しておいて、もしそれ以上になるようだったら、ともかく自分の部屋に遺体を引き込むだけにしておいて、すぐ夕食に姿を出す決心でいたの。だって、呉さんが殺されたことが発見されたとしても、それで私の部屋がすぐ調べられるようなことはまずなさそうだから、そのあとでも、遺体を隠す時間は持てると思ったから。でも、幸いそのタイム・リミット内で、遺体をクローゼットに隠し込み、私はなに食わぬ顔で、廊下に歩み出ることに成功したの。さあ、これで、私があなたの仲間の一人が、とんでもない事故で死んだことをいきっかけにして、三人までも冷酷に殺した方法の説明は、ついたと思うけど……」

「ちょっと、待ってください。その、初めの高森さんの死んだことですが、あなたはどこまで、そのほんとうのことを知っていたんです?」

「なにもかも知っていたわ。あの隠し部屋も、あの短剣の飛び出す隠しボックスも。だって、私は川光の女秘書で、このビラの建物の設計の概案も、私が立てたんですもの」

あっけにとられて、わずかの間、声もなかった義信が、それからようやく言葉を発した。

「それで、あなたはこのビラの中に簡単に入れたし、また、この中のことを良く知っていた……」

「あまり、このことは話したくないけど、でも、義信さんには、やはりすべてを告白しなければ、いけないような気にだんだんなってるの。だから、いってしまうわ。ええ、私は川光の女秘書。そして、通俗のパターンだけど、彼とはかつては、肉体的関係もあった存在……」

いってから、秋江はまだ立ったままでいる義信の目の中の乱れを、再び下から覗き込む。それから、また話し続ける。

「……でも、あんな、卑しくて、無教養で、しかもはるか歳上のおじいさんなんか、まったく私のタイプではなかったんだけど、相手は名だたる狒々《ひひ》じじいでしょ。暴力的に自由にされたことが始まりで……なんていうと、これもまた通俗大衆小説みたいなお話になるからやめるわ。でも、川光のほうだって、私みたいな、気が強くって、ずけずけ物をいう女なんかすぐ嫌いになって、それからは利用するのは、私の事務的才能や智恵だけということになったのだけど……」

「しかし、あなたは息子の光一のほうは、ほんとうに愛していたといったけど……」

「そうなった事情の始まりには、彼のお父さんに対する復讐とか、そういう気持ちもあったことは確かかね。会社のお金の横領だって、やっぱり同じで、その中には……」

「すると君は、川光の会社の金を、ごまかしたと!?」

「そうよ。彼のメイン会社の……それも一つではなく、三つばかりを。だって、実際のところ、あの川光はそういう実務的な能力は皆無で、ただあくの強いはったりで儲けてきた……というより金をだましとっていた人で、そのほかのことになると、ほとんど、私にまかせっきりだったんですもの。だから、息子の光一のために、清里にビラを作るという話が起こると、いったい、どんなものを建てたらいいかという相談も、私のところに持ち込まれたの。だから、私は自分の抱いていた考えを、思う存分盛り込んだ案を、設計師のところに持って行ったの」

「じゃあ、この建物は、あなたの夢の実現だと？」

義信はまじまじと、秋江の顔を見る。

「そうだといいたいんだけど、いざ建築実現という段階になると、川光も光一も、いろいろのことを言い出し始めたの。でも、光一はこのビラを、女性を連れ込んで楽しむ、まるで自分専用のラブホテルのようにしか考えていなかったから、ともかく、建物の重要なポイントを傷つけるようなことは、あまりいわなかったわ。でも、川光はそうでなかったの。なにしろあんなふうに自己主張の強い、しかも手に触れる物はもちろん、目に触れる物、話に聞く物、なんだって利用しなければ気がすまない人でしょ。ここを今まで買い集めた、インド・コレクションの、秘密の隠し場所にしようと思いついたの」

「ひょっとすると、あの隠し部屋は、そういう物をしまっておく……」

「そうよ。彼のそのコレクションは、かなり世間に知られているし、玉石混交でも、そうとうの価値の物もいっぱいあって、現にそれを狙って東京の邸に泥棒が入ろうとしたこともあったの。それで、川光は人知れず、それをこのビラに隠し部屋を作って所蔵し、しかも建物自体も、泥棒がなかなか入れないように、設計変更や防犯設備の追加をすると言い出したの」

「それでか。窓が少なくて、しかも小さく、おまけに鉄格子入りという念の入れかただったと？」

「私はあなたたちには、思いつきで、精神病者を入れるための設備などといったけど、実際にはそうなの。でも、こういう傾向の建物には、窓が重要なポイントよ。それをめちゃめちゃにしたんですもの。なんともアンバランスで、しかも陰気な建物になってしまって……。私の考えていた物とは違ってきて……」

「でも、大きな雰囲気は残っているような……。だから、僕は気に入ったんです。その上、おととい、ここに入ろうとした時は、夜の暗がりや、雪のベールにうっすらと覆われていて、確かにすばらしくて……」

「ありがとう。あなたは川光が、今、デパートで、コレクションの展覧会をやっていることは、知っているでしょ。つまりそれはここの隠し部屋にあった物を、みんな運び出したもので……」

「それで、今、あそこの中は空っぽだったのか！」

秋江はせいたようすになる。

「でも、義信さん、こんなことを話して、ぐずぐずしていられないわ。私はあなたの仲間の三人まで殺した、冷酷な殺人者の悪女……」

義信はいそいで、おおいかぶせた。

「だが、それも、なんとか自分の命が助かりたいと……」

「いいえ！」今度は秋江のほうが鋭い声で、さえぎった。「……私は助かりたいなんて、一度も思ったことなんかないわ！　これまで何度もいってきたように、死ぬ気……いいえ、ほんとうのところ、死のうと、死ぬまいと、もうそんなことは、どうだっていい女になっていたの」

「ともかく、少し待ってください！　僕にはあなたをどうしていいか、まるでわからないんです！　もうすぐ、沢木さんが来るはずですから、相談して……」

「その沢木さんよ！　それが問題よ！　このことだけは、その前にいそいで話しておく。私は初めから、あなたはお人良しのお坊っちゃんの性格を、みんなに利用されているにすぎないのではないかといっていたでしょ。また、さっきは、頭のいいくせに、そのお人良しの性格から、たいせつなポイントをつかみそこなっているともいったわね。例えば瀬戸ルリ子さんのことだって、そうよ。あの人は、どうやら勝浦さんと普通の関係ではなかった。それはもうあなたにもわかってきているんでしょ？」

「まあ……」

「でも、その時には、そんなことは少しも疑わなかったあなたは、半ばルリ子さんに義理だてして、今度の仲間に加わった」

「そういうことばかりじゃありません。呉さんや、勝浦さんたちも、さかんにすすめるものですから……」

「仲間はずれにされたくなくて、いっしょに行動することになった。あなたは一人っ子のお坊っちゃん育ち。淋しがり屋で、人から仲間はずれにされることがいやな人……」

あまり触れられたくない潜在意識を、あばきたてられたように、義信はかなりどぎまぎする。それから反発した。

「それがどうしたというんです!?　僕をそんなふうに分析して……というより、あばきたてて、なにがおもしろいというんです!?」

秋江はおそろしく、いらだたしくも、腹だたしいようすになる。

「じゃあ、きくわ。あなたはいったい、勝浦さんたちのやったその銀行強盗というのに、どのくらい参画したというの!?　また、ほんとうにどのくらい知っているというの!?　たかがこのビラを隠れ家として捜した、そしてみんなを車に乗せてつれて来た。それから、まめまめしく、みんなの食事の心配をするコック役をした。それくらいじゃないの!? かんじんの銀行強盗について、どれだけ話せるというの!?」

「いったい、それはどういう意味なんです?」

「はっきりいうわ。勝浦さんたちが、銀行強盗をやったのは、ほんとうに確かだといえるの? あなたはそれをその目で見たわけじゃないんでしょ!? その耳で聞いたわけじゃないんでしょ!?」

「もちろん、銀行から離れた所で、待機していたんですから、見やしませんが、しかし、やったことは勝浦さんや呉さんが、そういったんですから……」

「だから、名探偵のあなたは、大きな欠落があるというのよ。そう、ただ勝浦さんや呉さんの話を聞いて、あなたはそう信じているだけ。ほんとうにあったかどうかを、第三者から聞いたわけではないんでしょ!?」

「そりゃあ、こういう所ですから、新聞が配達されるわけじゃないし、テレビやラジオはつまらないことから、壊れてしまったし……」

「そう、それよ! テレビやラジオは、つまらないことから、壊れてしまった。その原因の、あのここに入って来た直後の高森さんと呉さんの喧嘩。それは確かにつまらないことからよね。実際のところ、高森さんと呉さんはあんな喧嘩をするような間柄じゃない。そう親友というのではないが、そうかといって、そう仲が悪くもないとあの時、あなたはいったわね」

「ええ……」

「まだ、あの喧嘩には、ふしぎなことがあるわ。この知りたがり屋の私ですもの。部屋に帰れって追いたてられたあとも、私、そうすなおに部屋に引き籠もったわけではなかったのよ。部屋に入るとすぐ、私はドアの裏側に立って、おまけにドアの隙間を少し開けて、外のようすをうかがい始めたの。あの時、勝浦さんは、高森さんと呉さんを、二階の廊下の自分の部屋に呼び寄せたのをおぼえている？」

「そういえば、確かにそうだったような……」

「あれだけの喧嘩をした二人が、それで急に興奮をかなりおさめて、のこのことあがって来たのもおかしな話だったけど、その二人に勝浦さんがかけた言葉もおかしなものだったのよ。『ご苦労さん』といったのよ。そして、わりあい平静な感じでしゃべり始めて、そこで今度は勝浦さんが、また『高森のようなエッチな奴』というような侮辱的な言葉をいったのよ。なにか呉さんとの喧嘩はそういう発言からのことだったはずなのに、今度は高森さんはあまり怒らなかったのもふしぎな話だわ。それどころか、高森さんはちょっとふざけた調子で、『今度はほんとうに怒るぜ』といったのよ。じゃあ、さっきはほんとうに怒っていなかったというの？」

「いったい、あなたはなにをいおうとしているのか……」

「あのテレビやラジオが壊されたりしたのは、八百長の喧嘩ではないかということ。でも、もう少し聞いて。それと、あなたがみんなに断わりなく、車で駅近くのスーパーまで行った時のことを、思い出してちょうだい。勝浦さんは、あの人に似合わぬ慌てかたで飛び出して来て、すぐにきいたことは、カーラジオを聞いたかとか、新聞を読んだとかいうことだったわね？」

「そういえば、そうですが……」

「不自然な……いいえ、はっきりいうわ、あらかじめ打ちあわせてあったらしい、八百長芝居と思われる喧嘩で、わざとらしくテレビやラジオが壊された。あなたがラジオを聞いたり、新聞を読んだりすることを勝浦さんはひどく気にした。ねえ、なにかみんなは、あなたがニュースを知ることを、ひどくいやがっていたみたいに思わない」

　義信はあっけにとられた顔。それから、つぶやくようにいった。

「……それは勝浦さんたちが、へたにニュースなどを聞いて、よけいな心配をするより、かえって、それのほうがいいと……」

「だから、それは、テレビなどがだめになったあとでいったことよ」

「いったい、砂川さんはなにをいおうと……？」

「みんなはただあなただけを、ニュースなどの外部情報から、完全に、シャットアウトしたかったのよ」

「なぜです？」

「あなたに銀行強盗などということは、まったくなかったということを知られないため。いいえ、あの人たちは、そればかりでなく、あなたを人目からシャットアウトして、孤立させておきたかったのよ」

　義信はとほうに暮れた顔になる。

「僕を孤立させる？　どういう意味です？」

　秋江はイブニング・ドレスからなまめかしく露出させた、白く滑らかな腕の小さな腕時計に、すばやく目を落した。

「もう時間がないかも知れない。だから、手早くかたづける。答えはこうよ。あなたを孤立させ、この人目につかないビラにいるようにさせたのは、あなたを誘拐するためよ」

4

降って湧いたような、唐突な言葉に、義信はしばらくの間は言葉を失っていた。それから、その言葉を自分でいってみる。

「誘拐……」

「そうよ。あなたは銀行強盗の手伝いをしたと思い込んで、このビラに隠れている。だから、あなたの家の人は、あなたの消息を、まったく知らないし、知ろうとしても、つかめない。そこに誰かが、あなたを誘拐したという電話をかけたら、それを信じるほかはないんじゃない?」

そこはあれだけの推理をした義信だ。いくつかの思い当たることを、ぼんやりと思い浮かべ始めた。しだいにその仮定にひきこまれていく。

「確かにおもしろい話ですが……」

「そして、あなたのお父さんは、たった一人の肉親のあなたのことを、とてもかわいがっていると聞いたわ。もし、そんな事件になったら、必ず身代金を払うんじゃない?」

「確かに、そうかも知れませんが……。というと、その僕を誘拐するということに加わっていたのは、勝浦さん、呉さん、高森さん……」

「それから、ルリ子さんも、沢木さんも、みんな、その計画に加わっていた仲間だった。事件の被害者である当人の、お人良しのあなただけだった。そういうわけよ。誘拐されながら、それどころか当人は、それに協力してくれるというのだから、こんなうまい誘拐はないわ。しかもそれが成功して、あなたがのこのこと家に帰ったとしても、あなたに誘拐されたという意識がない以上、どこまで、それが誘拐として成立するかも問題だわ。また、あなたが、みんなにだまされたと知っても、あなたが犯人は彼等だと、ほんとうに告発するかしら？」

　義信は返事をためらう。

「そうよ。その返事をしないところが、もうあなたの気持ちを、物語っているわ。おそらくはしないわね。あなたには銀行強盗などということを信じて、隠れていたという、なにか後ろ暗い気持ちがある。その上、淋しがり屋のあなたには、友達や恋人を失いたくない気持ちのほうが強い。それに、そうとうの大金をとられたって、あなたのうちのようなお金持ちなら、痛くも痒くもない。だから、あなたは『やってくれたな！』という、あの学生独特の悪い冗談のうちでもスーパー級だ、それで先輩や恋人の懐《ふところ》が暖かくなるならと、おおらかに話を受け止めて、お父さんや警察には話をごまかしてしまう可能性だって、じゆうぶんあるわ」

「確かに、もしそれがほんとうだとしても……」

「銀行強盗のあとの隠れ家を、あなたに選ばせたのだって大いに意味があると思うわ。あなたが誘拐されたと知ったら、あなたのお父さんは、それを確認するために、ともかくあなたの立ちまわりそうな心当たりの場所は、すべて、警察と協力して調べるにちがいないわ。だから沢木さんたちは、あなたもまるで知らない土地を捜せと、いかにも銀行強盗に協力させるふりをして、実はあなたを探りあてられない土地……警察の言葉でいえば、あなたがまるで土地カンのないところを、あなた自身に選ばせたのよ」

「砂川さんらしい、智恵にあふれた奇抜な仮定ですけど……」

「ええ。智恵にあふれた奇抜なその仮定。だから、これこそ、あの考え人間の呉さんが思いついたものじゃないかしら。呉さんが銀行強盗のそのものの原案を考えついたという話だけど、ほんとうは、この誘拐事件のほうを考えついたのよ。考えてごらんなさい。銀行強盗をして、奪った金は持ち出さずに、客のふりをしたルリ子さんが、そのまま銀行の中に隠しておく。それがそれほど、皆が感心する斬新《ざんしん》なアイデアといえて？」

「奪った金をそのまま持ち去ろうとして、それがいい証拠になって追跡され、つかまってしまうよりは、いいアイデアとは思いました。だが、それが当の銀行の中にそのままあるのでは、これもまた、どうしようもない話とは感じていました」

「そうよ。現に、その場所が、うまく持ち出せなくなる状態になってしまったとかいう妙な理由で、それは誘拐事件を実行するための時間稼ぎの方法に利用されてしまったのよ。第一、ただの客を装ったルリ子さんが、その金を受け取るといっても、そういう銀行強盗などという緊張の状況の中で、どれだけそんなことがうまくできる確信があったというんでしょう？　あの人たちが実行した、斬新なアイデアというのは、ありもしない銀行強盗という話を種に、あなたをこのビラにつれこんで、そうとは知られずに、誘拐した状態にしてしまうという事件のほうだったのよ。これなら、あなたもさっき認めたとおり、奇抜な、おもしろいアイデアだわ」

「もし……もし……それがほんとうというなら、勝浦さんが、強盗事件で誰かをピストルで傷つけたか、殺したかというようなことも……」

「銀行強盗をしていない以上、ありえないわ。それは義信さんをますます心理的に追い詰めて、ここでおとなしくさせていようという、ちょっとした工夫にすぎなかったのよ。勝浦さんは冷徹で、非情をよそおってはいたけれど、そんな人殺しをできるようなタイプじゃないと、私はちゃんと見抜いていたわ。そのいい証拠に、あれだけ私に騒がれても、とうとう私を殺そうとなんかしなかったし、あとからそうしておけばよかったと、ただ悔やんでいるだけのことだったじゃないの」

「もし、それがほんとうなら……」

「『もし』ではないわ。ほんとうよ」

「ほんとうなら、あの人たちのメインの計画実行は、僕とここに入って来た時から始まったということになりますが……」

「そのとおりよ。話の始まりは学校あたりで、こんなふうにして起こったんでしょう。呉さんが、新入生の三沢義信っていうやつ、金持ちの実業家の一人息子で、おやじがひどくかわいがっているという話だし、本人は君たちも知ってのとおりの世間知らずのお坊っちゃんだ。それで、ちょっとおもしろいことを考えたんだがな、というようなことをいい出したの。そして、勝浦さんの現実的な計算性のある性格や、沢木さんのカリスマ的統率力がからみ合って、だんだん話がほんとうになっていった。そこで、まず準備として、ルリ子さんがあなたを誘い込む。実際のところ、ルリ子さんは、あなたをどちらかといえば、歳下の男性として、ペット的にかわいがっていたと私は見ているわ。また、いっては悪いけど、彼女はほんとうに親しかったのは、勝浦さんのほうだったらしいから、彼が彼女にその計画を助けるように命じたのよ。そして、お人良しで、淋しがり屋のあなたは、どんなに悪いことでも、仲間はずれにされるのがいやで、それについてきた……」

「確かに、僕は今度のことに加わった気持ちの中には、そういうところがあったのは認めます。しかし、それとあなたの仮定がほんとうであるかということは、また別の問題のような……」

「でも、それを立証する状況的な証拠は、いくつもあるわ。例えば、あなたたちがここに隠れている期間として、初めから四日くらいが予定されてあったといったこともそうね。銀行内に隠してある金を持ち出すというなら、すぐ翌日にでも、できることじゃなかったのかしら。むしろあまり長くそんな所に置いておけば、偶然発見されるという危険だって高くなるわ。そんな長い期間を見込んだのは、あなたをここにつれて来てからが、ほんとうの話の始まり。いよいよ沢木さんの、あなたの家への誘拐の通告、そして身代金の要求、受け取りという、いろいろのことが始まるからだったのよ」

「なにか、あなたはどこか話を、こじつけているような気もするけど……」

「まだまだ、ほかにもその誘拐を暗示することはたくさんあるわ。例えばここについて、あなたが車の中から食料品を運び出すといった時、勝浦さんばかりでなく、ルリ子さんまでが、それに反対したということよ。ちょっと見ているうちに、すぐ私にはわかってきたのだけれど、ルリ子さんはかなり我がままな歳上の女として、あなたにかしずく恋人であることを要求していたみたいね。だから、歳下のあなたのほうが、彼女のことにいろいろ気をつかっていた。現に、翌日、あなたが皆に黙ってコーラを買いに行ったことだって、それはわかるわ」

「まあ、そういうところが、あったかも知れませんがね……」

「そんなあの人が、どうして車から食料を運び出すのを私がすると、急に積極的に逆にあなたをいたわるような態度に出たというの？」

「事件の重要性を感じて、少しでも手伝いたいという気持ちが、ああいう形になったかと思ったのですが……」

「と、少なくとも、あなたも、それは日頃の彼女にはない行動だったと認めるのね。でも、そのほんとうの意味は、誘拐したことになっているあなたが、人目に触れるような外なかに、わずかでも出て行ってほしくなかったからよ。だからこそ、あなたが突然、車で外に出て行った時の勝浦さんの慌てかたもむりはないわ。誘拐事件は普通、被害者の命が第一と、報道管制ということがおこなわれるかも知れない。でも、あなたが平気な顔で清里の町を歩いているのを、誰か知っている人が見て、その事実が警察の手配や警戒網にひっかかったら、もうすべておしまいですもの。だからこそ、勝浦さんは途中で人と顔を合わせなかったかとか、スーパーの店ではどうだったかとか、そんなことを馬鹿に気にしたのよ」

「すると、その直後、僕の車のキーを取り上げたのも、もうそういうふうにして、僕だけは絶対外に出すまいと……つまり、ほんとうの意味でここにとじこめられていたのは、僕だけと……」

しだいに、秋江の話に引き込まれていた義信が、かなり腹だたしそうな感じになる。

「そうよ。そして、おまけとして私もね。でも、私はかなり早くから、銀行強盗の話にはなにかへんな気持ちを持っていたの。これにはなにかあるって。例えば、私が沢木さんが、そのままお金を持ち逃げするのではないかといった時も、勝浦さんがまったくそんなことは考えもしないというようすだったことよ」

「そうか。つまりは、まだその時には、そういう金は、沢木さんはまったく手に入れていなかった……」

「そういうことね。この計画はあなたがこのビラに入った時から始まったんですもの。いよいよこれから、電話やなにかで、もっともむずかしくて、微妙な誘拐事件の交渉開始というところだったのよ」

「そうか、それで、きのうから今日にかけては、かなり沢木さんから連絡がなかったと……」

「呉さんだけは、そのじっくりした思考力からか、あなたたちみたいに、あまり沢木さんを英雄視していなかったようだけど、その彼でさえ、沢木さんが持ち逃げすることはまったく考えてもいないというようすだったのは、そのため……つまり、持ち逃げするにも、しまいにも、まだあなたの身代金は入っていなかったからなのよ。それどころか、呉さんはうっかりして、余裕ある態度で、『ここに隠れて時間を待つのは、そんな意味じゃあまったくない。絶対必要なことだ』なんて、ずいぶん真相に近づいたことをいっているの」

「ところが、沢木さんの最後の連絡で、成功という報告が入ってくると……」

「その時、勝浦さんが、ことは『山場を過ぎた』といって、喜んだのもおかしな言葉よ。だって、もしそれが銀行強盗なら、山場はその銀行に押し入った時というのが、ほんとうじゃない？」

「確かにそういわれれば……」

「そして、また、その話を聞いてから、今までおちついていた呉さんが急に、なにか沢木さんの持ち逃げを心配して、来るのに時間がかかりすぎるのではないかと勝浦さんと争い始めたのも、それで良くわかるでしょ」

「確かにあの時の二人には、僕もなにかへんな感じを持って、だからこそ、仲裁に入ったんですが……」

「そう、言い争いになった時にも、なにかあなただけは、その仲間からはずされている感じだったのも、私にはひどく気になったわ。特に呉さんが張り出し廊下の所で、『残ったのは二人だけなら、おまえが主人で、おれが従者で……』というようなことをいった時、私はおやっと思ったの。だって、残ったのは、あなたを入れれば、ほんとうは三人じゃないの。あなたは実際には、初めからあの人たちの仲間ではなく、それどころか、事件の被害者ともいうべき人だったんですもの。呉さんがつい、あなたを除外したのはあたりまえのことだったのよ」

義信の顔に苦悩が浮かぶ。

あの時、勝浦が多分にからかい気味に、それなら義信にリーダーになってもらおうといったこと、そして、呉がそれにこたえて苦笑しながら、そいつもまた、悪くない考えだといったことをだ。

彼等は被害者の義信に、仲間争いを諌《いさ》められているという形になっていたのである。

それにしても、自分は初めから、彼等から仲間はずれにされた存在だったとは！

義信にとっては、むしろそれのほうが、屈辱と淋しさとに、たまらない気持ちであった。

義信の気持ちをすばやく読み取ったように、秋江が語調をあらためて、しゃっきりした声でいった。

「でも、もう、こんなよけいな説明なんかやめましょう。それより、動かせない事実があるの。さっき私は、福田京子さんという人に、電話をかけていたわね。そして、あなたは横から受話器を奪って、それはほんとうだと確認もしたわ。その福田さんは、私のちょっとした知り合いで、支店は違うけど、勝浦さんが強盗したという城西銀行に勤めている人なのよ。だから、私は外への連絡がこれでできると知ると、早速ほんとうに銀行強盗があったかどうかを、彼女に確認したの」

義信の声から、すっかり力が抜けていた。

「それで答えは、そんなものはなかった……？」

「ええ、そんな事実は、まったくなかったそうよ。でも、それでは、ただ単に銀行強盗はなかったということだけで、あなたが誘拐されている状態だということとは関係ないというなら、さあ、すぐ廊下の電話に行って、家に連絡してみるといいわ。でも、もしできるなら、あなたがどこにいて、これまで、どうしていたかを話すことは、もう少し保留してもらえないかしら。ほんの少しだけ、まだ話が残っているの。でも、これは私のあなたへの、できるなら、というお願いだけ。すべては、あなたにまかせるわ。私は下のホールのテーブルで待っている」

いうなり、秋江はソファーから立ち上がって、先に部屋の外へと出て行った……。

わずかの間、たたずんだまま、呆然としていた義信も、それから張り出し廊下に歩み出る。

もう秋江の姿は、廊下から下に消えていた。

森閑とした廊下、小さなデスクの上に、電話機が義信の取り上げるのを待つように、ポツンと乗っていた。

義信はそこにむかって、歩き出す。受験合格発表の掲示板の下にでも歩み寄るような気持ちで……。

受話器を取り上げる。プッシュ・ボタンをゆっくり、確実に押す。

長距離電話独特のちょっとした間があって、声が飛び出して来た。父の声だった。

こんな時間に、父が直後、しかもすぐさま電話に出ることはない。ハウスキーパーか、お手伝さんだ。それだけで、もうなにか答えはわかったようだ。

「もしもし……」と、義信が呼びかける声を聞くなり、彼の父はおおいかぶせてきた。

「おお、義信か!?　ぶじか!?　怪我はないか!?　解放してもらったんだな!?　ともかく、どこにいる!?　すぐ迎えに行く……」

「お父さん、ちょっと待ってください。ええ、僕はいたって元気です。でも事情があるんです。だから詳しいことは、このあとから……」

「ああ、それでいい。ともかく、近くの交番なり、警察なりに保護を求めて……」

「わかりました。でも、ほんの少しだけ、待ってください。すぐまた、電話します」

「おい、しかし、今、どこにいるかだけは、おいっ!?……」

義信は電話を切った。

5

大テーブルの前の椅子の前にすわった秋江は、なにもいわなかった。階段からおりて来た義信を迎えても。

そして義信もまた、ゆっくり椅子にすわりながら、ただ沈黙。

二人はただ黙りあって、ホールの中に静寂を作る。

だが、それから……。あるかなしかな衣《きぬ》ずれの音をざわつかせて、秋江が左腕をあげて、その無音を破った。腕時計にちらりと目を落す。

「もう時間がなさそうだから、その前に、ほんの少しだけいわせて。私は悪女よ。歳下の男に狂って、あげくにその男を殺し、その上にまた、陰険で、企み深い人殺しをいくつもして、おまけに会社の金を横領して……。だから、私のこれからいうことは、みんな嘘。それもあなたをだまそうとする嘘。そう思ってもらっていい……」

義信は沈黙を守り続けて、なんとも答えない。

「……だから、あなたは本気になって、私の話を聞いてくれなくていいわ。あなたの好きなように考えて、好きなように判断して。でも、おねがい、話すことだけは話させてちょうだい。いいでしょ？」

呆然としたようすで、テーブルの上に落していた義信の視線が、ちらりと秋江の顔にあがる。彼が彼女の目の中になにを読み取ったのか……。ぽつりと答えが返ってきた。

「いいよ」

「私はあなたたちの乱入で、自殺をすっかりじゃまされてしまったけれど、死への気持ちは少しも変わることはなかったわ。だからこそ、勝浦さんに対してあんな大胆で、からかうような口もきけたのだけど……。でも、しばらくたった時、そんな私の気持ちの中に、ぽっつりと小さな、小さな灯がともったの。それはあなたが私の監視に来て、このビラを隠れ場所に選んだのは自分だと、その理由をいった時よ。さっきも話したように、このビラの建物は川光の考えで、ずいぶんようすが変わったといっても、私の夢をあらわしたものだったのよ。それをあなたが気に入ったのが、ひどく嬉しかったの。もし、そうだったら、どこかで、なにか、あなたと私とは、共通するものがあるのではないか……そんなふうに考え始めたの。そして、あなたがこのビラが気に入ったのは、あなたが大好きだった叔母さんのくれた、クリスマス・カードの絵からの連想だったこと、そして、私が光栄にも、その叔母さんに似ていないでもないと聞いた時、ますます私の胸は躍り始めたの。私は、しだいにあなたの心理の背後にあるものを理解してきたの」

「僕の心理の背後？」

「あなたはその叔母さんを、早く亡くなったお母さんの代りとして、慕《した》い始めていたにちがいないわ。そして、あなたの女性に対する好みは、その時から、決定づけられたのじゃないかしら」

「僕の女性の好みが、どうだというんです？」

「あなたは歳上の女に対して、特に愛情を持つ性質に育ってしまった運命を持つ人だということ。マザー・コンプレックスという言葉があるというじゃない。お母さんを早く失ったあなたは、そういう心理から、愛情関係では、女性に母を求めることが強い癖を持つようになった。それはあなたの恋人が、かなり成熟して、おちついた感じの、どうやら歳上らしい瀬戸ルリ子さんだったことを思い起こした時、ますます確かなように思えてきたの。私はますます嬉しくなった。だって、そういうことなら、私もあなたと反対の立場で、けっきょく、同じだったんですもの」

「反対の立場で、同じ……？」

「反対の女の私は、これまた反対に、歳下の男しか愛せないという強い性癖を持っているの。どうしてそうなったか、それはあなたと同じように、ちゃんとした理由があるんだけど、それは私の個人的なことだし、あなたに話してもしかたがないことだから、やめにしておく。でも、私が川光の息子の光一を、どうしようもない男だと思いながらも、行きつくはてまで愛し尽くしたのは、実際はそういう私の悲劇的な愛の癖からだったの。光一もあなたに似ていたわ。早くに母親を失って、やはりその愛情……いいえ、彼の場合にはセックスといったほうがいいものに、深いマザー・コンプレックスが影を落していることでは。でも、彼の場合は、その後ろに、もっともっと、したたかで、ずる賢い現実主義があったのよ」

「どんな現実主義と？」

「きっとそのへんは、父親譲りの血かも知れないわね。金に貪欲で、利己主義で、無節操で……。でも、歳下の男だけにしか打ち込めない私は、彼を子供のようにかわいい、かわいいと夢中になり続けてて、まるでそんなことはわからなかったの。愛していれば愛しているほど、裏切られた時は、憎しみはひどいものというわね。だけど実際には、そう単純なものではないわ。愛は消えないし、憎しみは日増しに燃え上がるし。だから、私が光一に取る行為は、ただ一つしかなかったの。彼も消す。そして、私も消える……」

一気にいってから、息をつぐように、しばらく沈黙した秋江は、なにかにせかされるように、前よりいっそう早口になった。

「……それだけに、私は光一に似て、光一とは違った、ほんとうに純真らしい歳下の男のあなたを見つけた時、暗闇の中に一抹の燭光を見つけたような気がしたの。だけど、もうすべては遅すぎると、私はあきらめた気で、死ぬ気持ちはまったく捨ててはいなかったわ。でも、高森さんが死んで、ルリ子さんがなにかあなたを媒体にして、あからさまに私に燃え上がる嫉妬を見せつけ始めたわね」

「ああ、あなたこそ、高森を殺した犯人にちがいないといって……」

「実際には、私、あの時、反発的に彼女に対して、憎しみの嫉妬をおぼえ始めていたの。それはほんとうのところ、ルリ子さんより、きっと激しくて、邪悪なものだったと思うわ。でも、それだけのことなら、そういう私の憎しみの火もやがておさまったかも知れないわ。でも、あなたがルリ子さんのために、皆との約束を破ってまで、コーラを買いに行くという、純情な騎士道的精神を発揮したというのに、彼女はそれを感謝するどころか、勝浦さんといっしょに、それを非難し始めた時、そして、同時に、ほんとうは彼女は、あなたのそういう愛を裏切って、実はその心は勝浦さんにあると見通した時、私の憎しみは決定的になったの」

「じゃあ、君はルリ子さんを殺したほんとうの動機は、そういう憎しみのためだけだと？」

「そうよ、はげしくも、醜い、女の嫉妬からくる憎しみだけで、彼女を殺すことを決心したの。そして、あなたを裏切っている片割れである勝浦という人も、殺す。それなら、ついでにあとの一人も殺して……」

「じゃあ、あなたは高森の死をうまく利用しようという計算などはなかった……」

「いいえ、ちゃんとあったわ。私は冷静で、しかも嫉妬深い悪女なのよ。愛に狂い、血に飢えた、改心しない鬼子母神《きしもじん》よ。だからその目的は、ここにいるみんなを殺す。そして、あなたと二人だけになって、あなたを独占する。ただ、それだけだったの。そして、それは今、こうして、ここに実現したわ。でも、そうなると、私はそのあとに、いったいなにを求めていたのか……今はわからなくなってきているの。義信さん、これからのあとの、私のいうことは、悪女があなたを籠絡しようとする手管《てくだ》よ。だから、一言も耳を貸してくれなくてもいいの。でも、いいたいことだけはいっておく。私は歳下の……それも、今度こそ初めてめぐりあった歳下の男のあなたを、自分のものにしたい。そして、私は信じようとしているの。これまでのあなたの私にやってくれたことから見て、あなたも……少なくとも、私を嫌いではないと。いいえ、ひょっとしたら……ひょっとしたら……母であるなにかを求めているあなたは、もっとそれ以上の気持ちを私に持っていてくれてるのではないかって。だったら、私たち二人で、なにかができる、なにかが生まれるのではないか……そんな馬鹿な幻想を抱き始めているの。ええ、幻想よ。だって、そのためには、あなたはすべて投げ打って、私のところに来てもらわなければならないんですもの。でも、私のほうは、なにも失う物はないという不公平。その上、私はけっきょくは歳下の男を、光一の時と同じように駄目にする女。おまけに殺人者の気質を持っていて、嫉妬深くて……ひょっとしたら、あなたといっしょにいても、いつかはあなたを殺すことになるかも知れないし……」

とりつかれたようにしゃべる秋江の言葉が、ふっととぎれた。外のほうにやや頭をかしげて、聴き耳をたてるようす。

「聞こえた？　確かに、聞こえた気がしたけど……？」

呆然と混乱をおりまぜたようすで、秋江の独白に似た言葉を聞いていた義信が、我をとりもどした。

「何を？」

「車の音。低いけど……エンジンの音みたいな……。あっ、止まった！」

「そうかな。僕には聞こえなかったような……」

二人は数秒の間、なおも耳をそばだてる。

秋江は低く鋭くいった。

「あっ、ドアが閉まる音がしたわ！　誰かが車からおりた……」

義信の顔も緊張した。

「ああ、今度は、確かに僕も聞いた……」

「沢木という人だわ！　義信さん、私のあなたをだまそうとする手管は、これでおしまい。でも、万、万が一にでも、その悪魔の声にだまされて、私と幻想を実現してくれるというなら……」秋江の目はテーブルの上にあるピストルの上に落ちた。「……それを使って、私の仲間入りをしてちょうだい。沢木という人は多分、ずいぶんの身代金を持っているはずよ。それさえあれば、私たち二人で、かなりの間暮らしていけるのではないかしら。あなたの身代金というなら、それはあなたそのものをあらわす、あなた自身のお金ということになるのだから、不正なものではないのだし……」

靴底で雪を微かにきしらせて、道を踏んで来る足音が、恐ろしく静まり返った夜気の中で、はっきり聞こえる。それは確実に、近づいて来る。

「……でも、それがいやだというなら、もう私には生きている意味は、まるでないわ。あなたの友達三人と、そしていま一人、自分の恋人を冷酷に殺した、極悪な悪女として、私を始末してちょうだい。あなたに結末をつけてもらえるというなら、自分で自分の命を絶つよりも、はるかにすばらしい幸せですもの」

雪を踏む足音は、しだいに近づいて来た。そして、いったん止まり、どうやらポーチにあがったらしい。

義信がおびえたような目で、ピストルを見ていたのは、わずかの間だった。

彼は立ち上がると、ピストルに手を伸ばした……。

6

雪晴であった。

ビラの建物のあちこちから、滴《しずく》が陽の光を輝かしく銀色に跳ね返して、賑やかに垂れ落ちていた。

突き出たさまざまの庇からの、その雨垂れを避けるようにして、雪の中に二人の男が立っていた。そばにうつむけに雪面に顔を突っ込んだ死体が、横たわっている、

「……そいつは、過剰防衛というか……まあ、私にも詳しいことはわかりませんから、あとから法律的に検討しなければならないでしょうが……。ともかく、そんな短剣を隠し部屋に仕掛けておくなどとは、やりすぎの感じですな……」

中年の、小でっぷりした、管轄署の刑事は、あきれたように、前に立つ川光《かわこう》こと、川口光栄の顔を見た。それから、その後ろから来る、一面の雪原の照り返しに、まばゆそうに眉をしかめる。

だが、ブラウンとグレイとチェックという、暴力団興行師然とした川光は、いっこうに動じない顔である。

「そうでっかな。泥棒を防ぐのに、やりすぎもなにも、ないんと、ちがいまっか？」

刑事はこみあげてくる不快感を、必死に押さえている感じ。

「ともかく、それで、あの小部屋に三つ並んだ死体のうちの、胸に深く短剣が刺された死体だけは、はっきりしたことがわかりました。しかし、あとの死体は、まだ、さっぱり意味がわかりません。ここにあなたのコレクションを狙って侵入して来た泥棒であったにしても、毒を嚥んで死亡したような者もいれば、頭を強打されて死亡したような者も、そして、ここの外と、中のホールには拳銃で頭を撃ち抜かれた者……」考えあぐね、げっそりしたように、刑事はいう。「……川口さん、ほんとうに死体の中の誰も、知らないというんですね？」

「知りませんな。こいつは、馬鹿で、凶悪な泥棒たちの仲間割れとちがいまっか？」

「さあ、どうなのか……」

建物の中から一人の若い男が出て来た。これも私服の刑事らしい。馬鹿に顔をこわばらせて、小肥りの刑事に近づくと、その耳に囁く。

「部長、もう一つ、死体が、今、見つかりました」

「なにっ!?」

若い刑事は、まるで自分のやったことのように、申し訳なさそうな調子。

「はい、死体が……そのう……この建物でも一番大きい部屋のクローゼットの中に……」

彼はちらりと川光のほうに視線を投げる。「……ちょっとこちらに……」

雪を踏み分けて、彼は部長を川光から、四、五メートル離れた原の横手に引き離すと、また囁き声で続けた。

「……その死体なんですが……そのう……半年ばかり前ですか、捜索願いが出て、四か月ばかり前に、こちらの署にも、もしやこの別荘に来ているのではないかと照会があったので、署員が一応、ここにちょっと調べに来た、あの川光の息子の光一とかいう男のような……。ともかく、歳の頃、体格、人相も、ひどく一致するようなのです」

部長はとうとう、大きくうなり声をあげていた。

「いったい、これはどういうことなんだ!? これで、死体は六つだぞ! もう、けっこう! なんとか、これだけの死体で、話をつけたいもんだ!」

彼は雪を大股に踏んで、また川光のほうに近づいた。

「川口さん、もう一つ、見てもらいたいものが出てきたんですが……」

ちょうどその頃、清里のある八ヶ岳地区をはるか後にして、雪晴にまばゆい国道二十号線を、シルバーのBMW《ベンベ》が、一路、北に走っていた。

車の中には、歳下の男と、歳上の女の姿があった。

解説　通俗と驚愕の作家・梶龍雄
～ようこそ、「裏」新本格の世界へ～

阿津川辰海

1

思い出話から始めることを許してもらえるなら、今、二十八歳の私にとって、梶龍雄は長らく「幻の作家」でした。

梶龍雄の名を知ったのは、東京創元社から二〇〇八年に刊行された『本格ミステリ・フラッシュバック』というガイド本を通じてです。千街晶之・市川尚吾・大川正人・戸田和光・葉山響・真中耕平・横井司によるガイドで、松本清張が登場した一九五七年から、綾辻行人が登場する一九八七年まで、俗にいう「本格冬の時代」と呼ばれる時期に書かれていた本格ミステリの傑作・怪作を紹介するものでした。

このガイドをチェックリスト代わりに未読作を読破していくことが、一時期のマイブームでした。大学生の頃です。笹沢左保や夏樹静子など、作品数が多い作家の傑作を教えて

くれましたし、高橋泰邦や日影丈吉、多岐川恭など、今となっては大好きな作家たちとも
ここで出会いました。高森真士『割れた虚像』や磯部立彦『フランス革命殺人事件』など
も、これをきっかけに探し出して読み、今では偏愛《へんあい》作です。
このガイドを通じて、私は梶龍雄に出会いました。驚いたのは、ガイド内での破格の待
遇でした。『本格ミステリ・フラッシュバック』では、大抵の作家が一～四作の紹介、最
大は十作（都筑道夫・西村京太郎等）、次に凄《すご》いのは八作品紹介されている作家（赤川次
郎・島田荘司・高木彬光・天藤真・仁木悦子等々）でした。錚々《そうそう》たるメンツです。梶龍雄
も八作品が紹介され、葉山響による作家紹介においては「実力に相応しい評価を得られな
かった不遇な作家であり、再評価を切に願う」（同書、78ページ）と記され、執筆陣の力
の入れようが伝わってきます。
こうして私は、梶龍雄作品を読みたいと渇望《かつぼう》するようになったのです。ところが、どこ
でも手に入らない。梶龍雄作品を集めている先輩が、親切にも貸してくれることがなかっ
たら、私は今も、梶作品の魅力を知らないままだったでしょう。
その魅力とは、読者の心に分け入ってくる心理・時代描写の冴えと、その正反対に位置
する、読者の思い込みを利用した構図の驚きの妙です。

2

　この〈トクマの特選！〉では、梶龍雄の作品群を大きく分けて二つに捉《とら》え、『驚愕ミステリ大発掘コレクション』と『青春迷路ミステリコレクション』をそれぞれ展開、本書『清里高原殺人別荘《ビラ》』は、このうち『驚愕ミステリ～』の第二弾となります。

　先の『本格ミステリ・フラッシュバック』の作家紹介ページで葉山響が記している通り、梶龍雄には「過去を舞台にしたもの、過去が現在に影を投げ掛けるもの、現代を舞台にしたもの」（同書、78ページ）の三つの作風があります。

　このうち、「過去を舞台にしたもの」――「過去編」を担当するのが、この〈トクマの特選！〉においては『青春迷路ミステリコレクション』です。第一弾として刊行された『リア王密室に死す』は、旧制高校の学生たちの青春時代の描写と、それを回想する父と息子の推理劇が魅力的な作品でした。過去を舞台にした梶龍雄作品では、青春のただなかにいる少年・青年たちの恋模様などが瑞々しく紡《つむ》がれ、『ぼくの好色天使たち』で描かれる闇市の風景などのように、時代描写の巧《うま》さも際立っています。江戸川乱歩賞受賞作『透明な季節』の単行本に収録された著者のことばには、「人間がほんとうに生きて、愛して、憎んで、死んで行くような推理小説を書きたかった。／推理小説の宿命的な壁は、謎やトリックに力をおけばおくほど、人間が死んでいくし、人間に力をおけば、謎やトリックが死んでいくことだ。（中略）／この作品がそれを破り得たとは思わない。しかし少しばかりの穴くらいはあけたと思わさせていただく」という、力強い決意表明が書かれていますが、ここにいう、「人間がほんとうに生き」ていた姿を素描したいという思いが、梶龍雄の「過去編」の心地よさを生み出しているのでしょう。

「過去編」の範疇に属する作品には、戦時下を舞台にギョライ先生の活躍を描く粒よりの短編集『灰色の季節』、『リア王～』と同じく旧制高校を描いた『若きウェルテルの怪死』『金沢逢魔殺人事件』『青春迷路殺人事件』（文庫化で『我が青春に殺意あり』と改題）などがあります。戦時下を舞台に、江戸川乱歩や海野十三といった作家への言及を踏まえつつ、驚愕の構図に挑んだ『奥鬼怒密室村の惨劇』もここに加えていいでしょう。中でも、『海を見ないで陸を見よう』『ぼくの好色天使たち』の二冊は、恋愛等の青春描写や、闇市などを含む当時の風俗描写、加えてトリックや動機の鮮やかさの点から、「過去編」の最上位に位置する作品だと思います。

第二の類型である「過去が現在に影を投げ掛けるもの」の中で、とりわけ傑作なのが『驚愕ミステリ大発掘コレクション』の第一弾として刊行された『龍神池の小さな死体』

です。過去を経由することによって生まれるノスタルジーと、「回想の殺人」を通じて「驚愕」の構図を掘り出す手つきが合わさり、「過去編」と「現代編」のいいとこ取りになっています。このタイプで他に私が好きなのは、映画の脚本と現実の二重写しによって読者を幻惑し、実に美しい結末に辿り着く『紅い蛾は死の予告』です。

そして最後、「現代を舞台にしたもの」――「現代編」に該当するのが、本作『清里高原殺人別荘』です。『龍神池の小さな死体』は、過去ものと現在ものの魅力を併《あわ》せ持った作品だっただけに、ここからが、本当の「驚愕編」の幕開けと言ってもいいかもしれません。

何せ、この『清里高原殺人別荘』は、こと真相の衝撃という点において、快作・怪作揃いの梶龍雄作品の中でも、一、二を争う快作なのですから。

3

話を一旦戻すと、梶龍雄作品では、「現代編」に該当するものが大半です「地名」+「殺人事件」あるいは「惨劇」となっているものはほぼ全て該当し（講談社ノベルスのアオリでは「〃トリック〃プラス〃惨劇〃シリーズ」と呼称）、奈都子・千鶴・高見のトリオが探偵役を務めるユーモア・ミステリシリーズ『蝶々、死体にとまれ』(文庫化で『幻の蝶殺人事件』と改題)『淡雪の木曾路殺人事件』(文庫化で『淡雪の木曾路殺人行』と改題)『銀座連続殺人手帖』や、天国から自分を殺した犯人を推理するというファンタジー風の趣向を巡らせた『鎌倉XYZの悲劇』、冒頭から堂々と読者を罠《わな》にかける『奥信濃鬼女伝説殺人事件』等々、枚挙に暇《いとま》がありません。

いかにも、旅情ミステリを思わせる「通俗味」溢《あふ》れるタイトルが並んでいます。例えば『鎌倉XYZの悲劇』の帯には「恒例夏の旅情ミステリー!」という言葉が躍《おど》っています。西村京太郎や津村秀介などと並べられる当時のノベルス文化を思えば、むべなるかな、というものです。しかし、タイトルに騙されてはいけません。梶龍雄は、そうした「通俗味」に誘われた読者を、一作ごとに巡らせた本格の趣向やオマージュで驚かせようとしているのです。例えば『裏六甲異人館の惨劇』という作品では、謎めいた殺人シーンの目撃証言や、宝石の消失といった謎を前面に押し出しつつ、アガサ・クリスティーの『ゼロ時間へ』という作品の趣向を紹介し(これ自体はクリスティーが冒頭で宣言するため、ネタバレではありません)、その趣向に自分なりのアレンジを加えてみせるのです(なお、この『裏六甲~』は、かの『十角館の殺人』と同年同月の刊行)。

本書『清里高原殺人別荘』で描かれるのは、雪原の山荘に閉じ込められた六人の男女による殺人劇です。五人の大学生たちが別荘を訪れて、そこに謎の女性が一人やって来て、というところから話が動き出すのですが、最初はこの六人それぞれの目的さえ分からない状態でスタートします。誰が何を考え、どう動いているのか。殺人は誰が行ったのか。いかにも通俗的なクローズド・サークルものだと思った瞬間から、作者の罠は始まっているのです。刊行当時はこうしたクローズド・サークルを扱う作品がそもそも特異に感じられた可能性もありますから、梶龍雄の「罠」をより深く味わえるのは、むしろ今の読者かもしれません。

本書中には、「通俗こそ、人生を生きる王道よ」（174ページ）という言葉が登場します。時代私は、何気なく書かれたこの言葉に、梶龍雄の「現代編」の本質があると思います。時代の「通俗」に身を浸し、そうした題名を掲げつつも、その口元は、いつも新たな企みを浮かべてニヤリと微笑《ほほえ》んでいる。そうした作者の、稚気《ちき》溢れる姿勢が、『清里高原殺人別荘』には横溢しています。

さて、ここから先は、ネタバレなしで説明するのがやや苦しいので、少しだけ紙面を割《さ》いてネタバレ解説に踏み込むことにします。ただ、ぱらぱらとめくった時に、真相を想起させる言葉が目に入るとまずいので、「〇〇」というような形で表記することとします。

4

【以下、ネタバレ解説です！　本編を読んでからお読みください！】

さて、どうでしょうか。
びっくりしましたか？
素直にびっくりできたあなたは、ある意味幸福でしょう。もしかしたら、類似したネタの後年の作品を読んだことがあり、驚きが薄れた、という人もいるかもしれません。

正直に言えば、「第一の殺人」の真相やそのトリック、それを支える伏線《ふくせん》などについては脱力ものですし、「サスガー！」等々、梶龍雄の「現代編」とは切っても切り離せない、今となっては風化した女子大生言葉も散見されます（奈都子・千鶴・高見のトリオが登場する作品群などと比較すれば控えめとはいえ）。なんだ、やはりありがちで俗っぽい雪の山荘ものだったか、と大半の読者がガードを下げたところで、本書のメイントリック、「実は○○だった」がボディブローのように炸裂《さくれつ》することになります。○○犯罪に伴う人質監禁のリスクなどを取り除く発想がユニークです。

この作品は、いわば「ホワットダニット（何が起こっているか？）」を扱ったミステリと言えるのですが、ありがちな「雪の山荘」「連続殺人」の構図を前に押し出すことによって、「ホワットダニット」の謎の存在そのものを隠蔽《いんぺい》した形と言えると思います。

一方で、高森と呉の喧嘩における心理の矛盾（該当シーンは34－43ページ）や、義信がスーパーに行った時の勝浦の狼狽（該当シーンは100－109ページ）など、意外な構図の脇を固める伏線は周到に張られていて、油断も隙もありません。特に、心理の矛盾については、解決編に至って、そのシーンが鮮やかに脳裏に蘇るという演出効果も含めて、さながらクリスティー作品のような巧さです。

また、3項で『裏六甲〜』などを引き合いに出して述べた「オマージュ」の点では、『清里〜』の立風ノベルス裏表紙に「H・ボガート「必死の逃亡者」のサスペンスも加えた意欲作だという。」とあり、この書き方から推測する限り、梶龍雄が編集者にオマージュ元を伝えたものでしょう。一九五五年公開の映画『必死の逃亡者』は、平凡な一家に三人の脱獄囚たちが押し入って来て、逃亡資金が届くまで家に籠城するという筋立てのサスペンス映画です（ジョゼフ・アーノルド・ヘイズが原作者で、『必死の逃亡者』の題でハヤカワ・ポケット・ミステリから刊行）。映画『マルタの鷹』のサム・スペードを演じた名優、ハンフリー・ボガートが主演を務めています。この映画の、「やむにやまれず、犯罪者と市井《しせい》の人が、ひとところで過ごさざるを得なくなる」というシチュエーション自体、クローズド・サークル的な興味をそそるものですが、梶龍雄はここに、「銀行強盗を終えて逃げてきた五人の大学生」という見せかけの構図をあてはめ、名作映画『必死の逃亡者』のイメージさえも、騙しの素材に利用したことになります。

このネタバレ解説の冒頭で述べた通り、「実は○○だった」というネタ自体は、後年の多くの作品で使われています。具体的な作家名・作品名は伏せますが、例えば、『清里～』の数年後に発表された国内作家Ｉの短編や、二〇〇〇年代に入ってからは国内作家Ｒの長編、国内作家Ａの長編、国内作家Ｍの長編などにも変奏され使用されています。無論、ここに挙げた作品群の価値を下げるものではなく、『清里～』のモデルを知ってか知らずか、自分なりのアレンジや工夫を加えたり、演出の妙を加えることで、それぞれの作家が自分のものとしています。

ただ、これら後続の作品の多くは、○○ものミステリであることをむしろ前面に押し出し、結末に至って、「標的は▽▽だった」と突き付けるというものが大半です。○○もであることをカケラも匂わせず、むしろ、最後まで「雪の山荘」ミステリだと思い込ませた『清里～』は、根本的に発想原理が違うと評価することも出来るでしょう。

むしろ、この○○だったというネタは、梶龍雄自身が、『清里〜』の前に発表した長編や短編で利用しているほど。それだけお気に入りのネタだったとも言えそうですし、本書の方が、その驚愕性と、伏線の面白さの点で、より先鋭的に研ぎ澄まされているとも言えます。

ある種、唯一無二の衝撃を与えてくれる梶龍雄。彼は新本格勃興《ぼっこう》以前に、新本格らしい稚気に溢れた作品にこだわり続けていた作家でした。ノスタルジックで瑞々しい「過去編」だけではない、驚愕と唖然だらけの「現代編」。これからの〈トクマの特選！〉の展開にも期待しつつ、その「通俗」の海の中に、分け入ってみては。

本書は、１９８８年11月立風書房から刊行された作品を底本としています。作品はフィクションであり実在の個人・団体などとは一切関係がありません。なお、本作品中に今日では好ましくない表現がありますが、著者が故人であること、および作品の時代背景を考慮し、そのままといたしました。なにとぞご理解のほど、お願い申し上げます。

（編集部）

徳間文庫

梶龍雄 驚愕ミステリ大発掘コレクション2

清里《きよさと》高原《こうげん》殺人《さつじん》別荘《ビラ》

2023年2月15日 初刷

著者 梶《かじ》龍《たつ》雄《お》

発行者 小宮英行

発行所 株式会社 徳間書店

〒141−8202 東京都品川区上大崎三−一−一
目黒セントラルスクエア

電話 編集〇三(五四〇三)四三四九
販売〇四九(二九三)五五二一

振替 〇〇一四〇−〇−四四三九二

印刷
製本 大日本印刷株式会社

ISBN978-4-19-894828-3 (乱丁、落丁本はお取りかえいたします)

トクマの特選！　好評既刊

笹沢左保
有栖川有栖選　必読！Selection1
招かれざる客

裏切り者を消せ！——組合を崩壊に追い込んだスパイとさらにその恋人に誤認された女性が相次いで殺され、事件は容疑者の事故死で幕を閉じる。納得の行かない結末に、倉田警部補は単独捜査に乗り出すが……。アリバイ崩し、密室、暗号とミステリの醍《だい》醐《ご》味《み》をぎっしり詰め込んだ、著者渾身のデビュー作。虚《きょ》無《む》と生きる悲しさに満ちたラストに魂が震える。

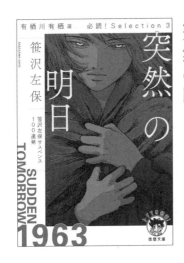

トクマの特選！　好評既刊

笹沢左保
有栖川有栖選　必読！ Selection5
他殺岬

　ペンの暴力か？　それとも正義の報道か？　美容業界のカリスマ・環《たまき》千《せん》之《の》介《すけ》の悪徳商法を暴露したフリーライター・天《あま》知《ち》昌《しょう》二《じ》郎《ろう》。窮地に陥った環と娘のユキヨは相次いで自殺。残された入《いり》婿《むこ》の日《ひ》出《で》夫《お》は報復として天知の息子を誘拐、５日後の殺害を予告してくる。ユキヨの死が他殺と証明できれば息子を奪回できる可能性が。タイムリミット120時間。幼い命がかかった死の推理レースの幕が上がった。

トクマの特選！　好評既刊

笹沢左保

有栖川有栖選　必読！ Selection8

結婚って何さ

上司のイチャモンに憤慨《ふんがい》し衝動的に退職してしまった、非正規雇用のヤンチャな事務員コンビ真弓《まゆみ》と三枝子《みえこ》。自棄酒《やけざけ》オールを決め込んだその夜、勢いで謎の男と旅館にシケ込む。だが、翌朝、男は密室状況で絞殺されていた……。どんな逆境も逃げきれば正義！　生き辛《づら》さを抱えた全ての女子に捧げる殺しの遁走曲《フーガ》。豊富なバラエティを誇る笹沢作品でも異色中の異色ユーモアサスペンス。

トクマの特選！　好評既刊

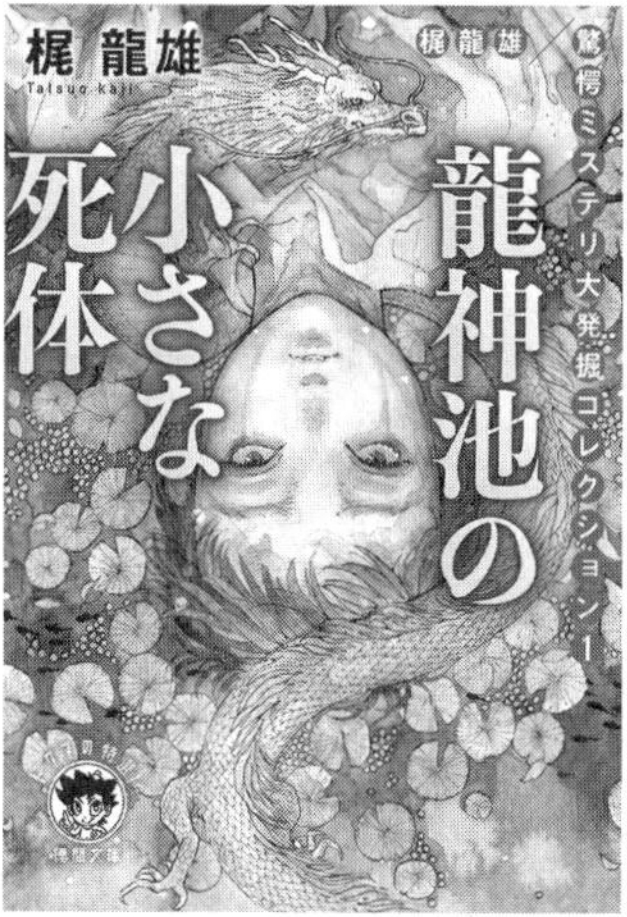

梶　龍雄

梶龍雄　驚愕ミステリ大発掘コレクション1

龍神池の小さな死体

「お前の弟は殺されたのだよ」死期迫る母の告白を受け、疎開先で亡くなった弟の死の真相を追い大学教授・仲《なか》城《じょう》智《とも》一《いち》は千葉の寒村・山蔵を訪ねる。村一番の旧家妙見《たえみ》家の裏、弟の亡くなった龍神池に赤い槍で突かれた惨殺体が浮かぶ。龍神の呪いか？　座敷牢に封じられた狂人の霊の仕業か？　怒濤《どとう》の伏線回収に酔い痴れる伝説のパーフェクトミステリ降臨。